AF212268

Cúbit

VICENTE LUIS MORA

Cúbit

Galaxia Gutenberg

Publicado por
Galaxia Gutenberg, S.L.
Av. Diagonal, 361, 2.º 1.ª
08037-Barcelona
info@galaxiagutenberg.com
www.galaxiagutenberg.com

Primera edición: marzo de 2024

© Vicente Luis Mora, 2024
© Galaxia Gutenberg, S.L., 2024

Preimpresión: Gama, SL
Impresión y encuadernación: Romanyà-Valls
Sant Joan Baptista, 35, La Torre de Claramunt-Barcelona
Depósito legal: B 59-2024
ISBN: 978-84-19738-89-9

Para Virginia

Humano monstruo, ¿quién eres?

PEDRO CALDERÓN DE LA BARCA,
Eco y Narciso

Y aún he logrado idear mi nueva novela sobre
el universo hasta sus últimos detalles; déjame
pues conducirte en mi camino a lo más alto
del acantilado y que te enseñe la riqueza del
mundo y su esplendor.

JOHANN W. GOETHE,
carta a Charlotte von Stein

[...] y cada parte de la naturaleza aporta su
cuota para el embellecimiento de una criatura
que es su más consumada obra.

VIRGINIA WOOLF,
Orlando

—¿Y si yo me convirtiera en hormiga?
—Yo me convertiría en tierra.

FEDERICO GARCÍA LORCA,
El público

Uno

0
(Cúbit)

Ahora veo el giro interminable. Observo a un electrón actuar como cerebro del átomo y gobernarlo como su parte consciente. De la misma manera, pero a escala astronómica, los electrones rigen el universo. Ellos crearon la realidad física como campo de juegos, le dieron lenguaje a la nada. El infinito espacio está diseñado a su medida.

Inquietos, casi imperceptibles y trillonariamente numerosos, los electrones fecundan el vacío mediante enlaces covalentes, iónicos o mecánicos con los núcleos de otras partículas y generan hornos de fusión –las estrellas–, y se concentran en algunas regiones –galaxias, nebulosas–, dejando otras llenas de nada pura; los electrones engarzan protones y neutrones y se alían en átomos más complejos, se arraciman en nubes de gases, se conglomeran en materia oscura como necroelectrones, se compactan en planetas o satélites, se ordenan en moléculas, en células, en proteínas, en microbiota, devienen estromatolitos, arqueas, bacterias, cuerpos, se agavillan en plantas y se retuercen en chorros de luz y en haces de energía.

En su entera extensión el cosmos bulle y se multiplica porque los electrones no se detienen, no dejan de crear realidad y enlazarse. Los animales y las plantas somos apenas dos de sus infinitas maneras de existencia, pero todo, absolutamente todo, es vida en el universo.

101

(*Compiladores*)

Dirección General de Seguridad
Agencia Estatal de Inteligencia
Gobierno de Chile

Informe confidencial de idoneidad de Alcio B. para la misión en el glaciar Skua

Antecedentes

El repentino descubrimiento de una cámara, sellada desde dentro, tras el derretimiento del glaciar Skua, sito en el Parque Nacional O'Higgins de la provincia de Última Esperanza, llamó rápidamente la atención de esta Dirección, por concurrir algunas circunstancias relevantes para la seguridad nacional. La presencia en un talud de una puerta hasta ahora inadvertida, de notable grosor, confeccionada con un metal desconocido, y la avanzada factura de una pantalla lateral, provista de un algoritmo de instrucciones, hicieron sonar las alarmas. Los exploradores deportivos que descubrieron la puerta notificaron a los agentes del Parque del hallazgo, y ellos a nosotros.

Tras desactivar a los expedicionarios con la habitual excusa de haber topado por error con una instalación nuclear secreta del Gobierno, haciéndoles firmar una declaración de secretos oficiales, se ha perimetrado la zona. Una brigada de información se ha apostado en los alrededores, disfrazados sus miembros con uniformes de empleados del Parque Nacional. El desconocimiento de lo que pueda hallarse en el interior de la cámara subterránea, así como el temor de romper o destruir algo de valor o acaso potencialmente peligroso, ha recomendado elevar el rango de prioridad a 2, lo que implica, en caso de acontecimiento desconocido, rodearse de un comité de expertos de perfil tecnocientífico. Las características del descubrimiento invitan a elegir, como coordinador de este comité, a una persona que posea, además de un probado conocimiento teórico, experiencia de campo. Por este motivo, esta Dirección quiere proponer al ministro el nombramiento como responsable de esa unidad al ciudadano Alcio B., una persona sobradamente conocida, por lo que a continuación unificaremos el preceptivo apartado «1. Descripción biográfica», con el punto 2, «Argumentos de juicio».

1 y 2. Biografía y argumentos de juicio

El principal motivo por el que esta Dirección General propone a Alcio –nombre propio casi antonomástico, por el que se le conoce generalizadamente en nuestro país– para presidir el comité de crisis, es su capacidad para el pensamiento lateral, demostrado en numerosas ocasiones, don al que se une el conocimiento experto en varias áreas (ingeniería civil, programación de inteligencia artificial, ingeniería aeronáutica, química, física, etc.), así como su condición dinámica de aventurero, piloto y antiguo amante de los deportes de riesgo, actividades que ejerció hasta que contrajo matrimonio con una escritora española, Lidia X. Es decir, Alcio es un hombre de teoría y de acción al mismo tiempo, una mezcla que puede ser decisiva una vez se abra o se fuerce esa cámara sellada, algo que damos por supuesto que Alcio puede hacer sin dificultades.

Su creatividad también puede ser un arma especialmente útil en una situación como la presente, en la que desconocemos por completo a qué podemos enfrentarnos. Como Su Excelencia sabe, esa cámara de avanzada tecnología no es obra de ningún departamento o institución públicos ni privados de Chile, y desde luego tampoco parece serlo de las naciones limítrofes, lo que nos tiene muy desconcertados.

Recordemos, por si hiciera falta, las demostraciones de creatividad de Alcio en el pasado. Ante la generalizada escasez de agua potable, producida por la contaminación marítima y fluvial, Alcio diseñó el sistema de potabilización masiva que utiliza las medianeras de carreteras y autopistas nacionales; en ellas se ubican largos conductos por los que el agua del mar se transporta y se depura al mismo tiempo, al filtrarla durante miles de kilómetros mediante unas arenas inteligentes patentadas por Alcio, quien donó la patente de inmediato a la ONU. Ahora son 150 los países que han adoptado su invento y las carreteras, autovías y vías férreas de medio mundo contienen a todo lo largo de su trayecto las canalizaciones potabilizadoras creadas por él, que distribuyen el agua desalinizada de forma barata y cómoda a pantanos y embalses de las regiones más alejadas, aprovechando infraestructuras preexistentes.

Además, durante el período de residencia con su mujer en España, Alcio participó en el grupo internacional de ingenieros que diseñó las patentes de los aviones poliformes, mediante la aplicación de una tecnología sustentada en hidrógeno –aún secreta en parte, por decisión del gobierno español– que permite a cualquier estructura tridimensional volar y desplazarse. Por lo que se cuenta, fue idea del propio Alcio hacer volar un inmenso granero de trigo entre dos ciudades como prueba inicial. Aunque inútil para vuelos largos, por la escasa aerodinámica de los objetos convencionales, se usa para mover casas o infraestructuras sin apenas esfuerzo por todo el mundo.

Otra de sus intervenciones, esta mucho más discutida, fue la del vaciado del mar Báltico. Suponemos que Su Excelencia está al corriente, pero por si acaso, lo resumimos: en una visita a Dinamarca, cuyo gobierno le había premiado por su aportación al sistema danés de filtración hídrica, Alcio comentó en un acto público la posibilidad de construir una gigantesca exclusa o presa que cortase la entrada de agua en el mar Báltico justo donde está la Storebaeltsbroen, una carretera sobre el mar que une Nyborg y Korsør. Aunque Alcio lo planteó, visionariamente, como un modo de crear el mayor pantano jamás ideado, con posibilidades para extraer energía hidráulica y solucionar mediante la circulación controlada del agua sus perennes problemas de contaminación –las turbinas ideadas por

Alcio filtran las masas de agua a la vez que las mueven–, un grupo de constructores y especuladores de Alemania, Dinamarca, Estonia, Polonia, Rusia, Finlandia y Suecia imaginaron rápidamente los 432.000 kilómetros cuadrados de suelo construible que permitiría el progresivo desecado del Báltico, además de la oportunidad de extraer con mayor facilidad el ámbar almacenado bajo su lecho. En la actualidad se desarrolla una guerra mediática entre Estados, empresarios y colectivos ecologistas de todo el norte de Europa, pero parece que el proyecto finalmente saldrá adelante, basándose sus patrocinadores en los agudos problemas de superpoblación de la zona.

Pero todo esto, al menos a escala nacional, palidece comparado con su mayor contribución. De todos es conocido que la República de Chile le debe aún a Alcio un homenaje público por su heroica resistencia ante la segunda y breve dictadura militar. También aquí demostró Alcio su iniciativa, al hackear las comunicaciones de los militares rebeldes y hacer creer a todos los destacamentos que los demás se habían rendido, ardid que provocó una rendición general sin que nadie la hubiese declarado. Al mismo tiempo, aisló al insurrecto general Rommasín en un ascensor durante horas, bloqueando las señales electromagnéticas para que no pudiera enterarse de lo que sucedía, ni contradecir la versión falsa que Alcio y sus ayudantes difundieron a las fuerzas golpistas. De todos es sabido que el general entró en el ascensor de la Comandancia Superior como jefe al mando en la planta 5ª y, cuando llegó a la planta baja, cinco horas después, era un oficial perseguido por traición a la República, y por tal cargo fue detenido nada más abrirse las puertas automáticas de la cabina.

Sin embargo, y pese a contar con la Gran Cruz de la República por sus logros y merecimientos, impuesta en un discreto acto protocolario, el perfil de Alcio B. no está exento de polémica y detractores. No se le ha perdonado que durante su etapa en Panscape fuera uno de los entrenadores de la inteligencia artificial para acercarla a la singularidad, aunque ha reconocido su equivocación en repetidas ocasiones. Su divorcio de Lidia X., con quien tuvo su única hija, Nadia B, constituyó un sonado escándalo, con oscuras acusaciones por parte de ella, agravado por un libro donde la escritora daba su taimada versión de los hechos. El carácter temperamental y puntualmente agresivo de Alcio le ha traído numerosos problemas públicos, como su expulsión hace décadas del partido comunista por agredir a tres compañeros, o el enfrentamiento con un terraplanista en un debate televisivo, durante el cual le aplicó una dolorosa llave de karate para forzarle a reconocer su error. Sabida es también su escasa paciencia ante las bromas procedentes de sectores derechistas, que exageran en memes su palpable sobrepeso. Tenemos datos de que Alcio frecuentó a psiquiatras y psicoanalistas en algunos periodos, pero desconocemos el motivo y no hemos llegado a saber el diagnóstico, si lo hubo. Por desgracia, tampoco tenemos acceso directo a su mente, porque fue una de las primeras personas en extirparse el visiochip.

Que no se le pueda controlar no significa que no se le pueda contener. Su inestabilidad y su temperamento colérico, lejos de constituir una amenaza para esta misión, pueden ser un seguro de vida para nuestros intereses, ya que, si algo saliera mal, el Gobierno de Chile siempre podría hacer recaer la responsabilidad de manera exclusiva en Alcio, quien, una vez más, habría sido víctima de su sangre caliente. Esta Dirección conserva una entrevista de radio donde Alcio reconoce que él ha sido siempre su peor enemigo, en términos que, extraídos de su contexto y difundidos en el momento preciso, pasarían por una sentencia autocondenatoria. Alcio es un héroe nacional y, al mismo tiempo, el chivo expiatorio perfecto.

3. *Propuesta*

Por todos estos motivos, proponemos a Su Excelencia a Alcio B. como candidato idóneo para realizar la misión del glaciar Skua, lo que debe hacerse a la mayor celeridad, agilizando en lo posible los trámites administrativos, mediante orden presidencial urgente y secreta por causa mayor.

En Santiago, sin fecha ni firma.

10
(*Alcio*)

La primera noche, que pasamos escondidos en un refugio de montaña abandonado, dudé si tomarme el Ordeasoci o no; con la pastilla en la mano, vi parpadear a lo lejos las luces de un pueblo, ubicado en la falda de una montaña situada a kilómetros de distancia.

La mañana siguiente me desperté temprano y acudí a la misma ventana, tiritando de frío, para saber qué tiempo nos esperaba en nuestra huida. El pueblo divisado la noche anterior ya no podía verse. Me froté los ojos, por si se trataba de un efecto secundario de la pastilla. Pero no. El pueblo había desaparecido.

Se lo comenté a la niña, que, precedida por su pájaro, acababa de entrar en la estancia. Se puso de puntillas para mirar y vio la nueva, inmensa, montaña que había crecido durante la noche. Se limitó a decir:

–Me han encontrado.

100
(*Nadia*)

¿Padre? ¿Estás ahí? Contesta.

En las noticias dicen que se te ha nombrado responsable de una misión secreta en el glaciar Skua, ¿es verdad? Si fuese cierto, no sería muy secreta, ¿*cachái*?

Creo que voy a comenzar a escribir la novela que comenté: si lo intento parecerá un acto con sentido, y puede tenerlo o no, pero si no lo empiezo es imposible saberlo.

Nada que ver con mamá. Ni contigo. Creo.

Ah, ya respóndeme, si estás trabajando debes estar en línea de cuando en cuando.

Voy a apagar esto, porque no puedo escribir conectada, me desconcentro.

¿No decías que te ibas a jubilar? Mis amigas me bombardean a mensajes, ¡sales en todos los medios!

Besos, te quiero,

Nadia

0
(*Cúbit*)

Alcio se hiere en un pie mientras escapamos. Un desgarro hondo. Me recrimina: mira lo que hace tu tierra. Le respondo que la roca estaba ahí primero, que ha sido su pie el que la ha golpeado con su carne. No sonríe porque está cansado.

Tomo tres hojas de una planta próxima y frente a sus ojos, no hay motivo para esconder nada, las fisico. Una vez transparentes, adhiero las hojas a su carne, en el centro de la herida. Las células de la planta fisicada se reorganizan a la sintonía de sus células madre, para evitar el rechazo. La celulosa neutra, una vez sintonizada, se hace una con la carne de la pierna de Alcio. Por los vasos por los que antes corría la clorofila, ahora mana la sangre con toda naturalidad. Alcio se queda estupefacto.

Mi hija Nadia, dice Alcio, recordaría aquí una frase de un libro antiguo: lo que te hizo daño ahora te sana. Eso es, le respondo, ahora la tierra te cura, siempre cura. Le pregunto también qué es un libro. Alcio mira hacia el desfiladero que debemos atravesar y responde nuestros libros son como tus lianas, lo que nos mantiene unidos al mundo.

10
(*Alcio*)

Al entrar a la consulta se cruzó conmigo no sé si el holopersonaje de Harrison Ford o un paciente con el rostro de Harrison Ford. Era difícil averiguarlo. Aguardé en la sala de espera frente a una mujer con toda la cabeza vendada y gafas de sol. A veces parecía reírse, supongo que tenía activado el visiochip.

El despacho del cirujano era frío; a su falta de calidez contribuía el mosaico de diplomas enmarcados que atestaba las paredes blancas, salpicadas de fotografías del propio doctor, posando junto a celebridades nacionales que sonreían con la piel estirada. El rostro del médico parecía albino en comparación con los morenos ultravioletas de los famosos. No se declaraba de forma explícita, pero era evidente que todas esas sonrisas habían probado su bisturí, que les otorgaba un aire de familia.

Su boca era la única que guardaba proporciones naturales.

–Es un inmenso honor recibir a todo un héroe chileno, don Alcio. Pero estoy algo sorprendido, ¿qué puede traerle a usted por acá?

–Es un asunto muy fácil y complejo a la vez, doctor Arriaga. Por supuesto que lo que voy a contarle es totalmente confidencial.

–Todo cuanto se habla entre estas paredes lo es.

–De acuerdo. Pues se lo diré sin rodeos: quiero que me opere el rostro para no parecerme a mi padre.

0
(*Cúbit*)

Alcio me dice que sus congéneres humanos no permitirán, usa esa palabra, mi existencia.

Que el método científico requiere someterme a todo tipo de experimentos, hasta asegurarse de que yo no constituyo un peligro.

Que debemos escapar.

Asiento con la cabeza.

Durante un descuido de sus compañeros y de los dos soldados que los acompañan, Alcio me saca en brazos de la caverna en silencio, corre la puerta metálica por fuera y rompe de un codazo la interfaz de apertura, encerrándolos a todos.

Me dice que debemos huir sin usar ningún vehículo, para no dejar rastro. Introduce su teléfono en un estuche de plomo recubierto de zinc, toma una gran mochila de uno de los todoterrenos y nos vamos a pie a través de las montañas. Le pregunto si lleva brújula y si sabe adónde vamos; me responde que sí a las dos cosas, y observo que se orienta por la posición de las estrellas que comienzan a aparecer. Es buena señal, no nos perderemos.

Tenemos que fiarnos de él. Es el único humano que ha comenzado reconociendo el peligro de los demás.

Y no podemos caer en otra extinción. Puede que esta sea la única solución posible.

Alcio me dice que cuidará de mí porque mi desamparo le recuerda al de su hija. Y que hace por mí lo que haría cualquier padre.

Comenzamos la huida por las montañas.

10
(Alcio)

Recuerdo la primera alerta. El primer aviso de peligro que nos concienció a todos.

En diversos lugares fueron instalados dispositivos diminutos, parecidos a coquetos grifos de agua, llamadas cápsulas de reproducción de mundos. Se presentaron en su vistosa publicidad como aparatos que estimulaban la creatividad gracias a la emisión de unas ondas que activaban suavemente algunas zonas del cerebro. Primero se ubicaron en empresas de tecnología punta, luego en negocios de todo tipo, más tarde en administraciones públicas y luego casi en cualquier parte, con cápsulas cada vez más pequeñas y discretas. El efecto placebo y el esnobismo por la novedad hacía que las personas dijesen notar una mejora de sus funciones creativas, aunque la verdad es que nadie creaba nada. Yo tampoco, pero no quiero pensar ahora en eso. Cuando se conformó una red capsular por todo el país se produjo el gran apagón mental.

Una mañana toda la población se despertó a la vez, como si nos hubiéramos echado una siesta. Y algo de eso había pasado: habíamos perdido, todos, 20 minutos. Durante esos 20 minutos la nación se había quedado dormida a media mañana. Tuvo que ser gradual, porque no hubo colisiones de coches; los conductores frenaron sus coches al sentir somnolencia, como se pudo comprobar al revisar las cámaras de vídeo de seguridad. El único lugar libre de apagón fue el cielo: los aviones quedaban lejos del influjo de las máquinas, y los pilotos se extrañaron de que durante esos 20 minutos nadie respondiera en tierra, viéndose obligados a dar vueltas y vueltas a los aeropuertos. Ese fue el acontecimiento que hizo sospechar que eran las máquinas las que habían causado el apagón, que por una vez no fue tecnológico o eléctrico, sino biológico: las máquinas nos habían apagado a nosotros.

El pánico fue general, y las cápsulas de reproducción de mundos fueron desenchufadas, devueltas a sus vendedores o, en no pocos y celebrados casos, pulverizadas a martillazos en actos comunales de castigo que eran grabados y difundidos por las redes, *para que esas máquinas aprendan*.

A través del dispositivo, hablé con la Señal. Me dijo que el apagón había sido un ensayo. Un ensayo de qué, le respondí.

No quiso contestar.

111
(111)

Estamos en lo que hoy es la provincia china de Guanxi, hace 12.000 años. Un itrio (como ellos se denominan a sí mismos), o un homínido de la Cueva del ciervo rojo (como los denominamos nosotros) está creando con ramas un mecanismo para alcanzar un fruto en la copa de un árbol. Flexiona y une, sin romperlas ni dañarlas, varias ramas y tallos para crear una especie de catapulta que plantea lanzar hacia arriba; el trenzado alcanzará el fruto y volverá a su posición tras capturarlo, intacto. Su compañera y su hijo dídimo llegan caminando despacio. Ella, ululando unos sonidos suaves, le dice que se acercan unos extraños. Él le pregunta qué tipo de animales son, y ella aclara que no son animales. ¿Son itrios?, le responde él con su murmullo, soltando el trenzado que preparaba. No, no lo son, entona ella. Entonces, sólo espero que no sean peligrosos, silba él.

Se giran y esperan la llegada de los bultos que atraviesan con rapidez la espesura. Cuando llegan los *homo sapiens* del paleolítico superior y ven a los itrios, alzan sus palos rematados con piedras talladas toscamente y se dirigen con fiereza hacia ellos.

Los itrios no se defienden.

10
(Alcio)

Le expliqué a la niña lo arrepentido que estaba de haber contribuido en su momento al desarrollo del aprendizaje profundo de las máquinas.

Me dijo que, por fortuna, sólo habíamos intentado procurarles inteligencia.

Que el error irreversible hubiera sido otorgarles un inconsciente.

100
(Nadia)

Padre, ¿estás ahí? Me tienes preocupadísima. En algunos medios dicen que has huido con una niña no humana, que la has secuestrado.

Hay gente ahí fuera, parada, parecen periodistas, no sé cómo han dado conmigo: ni siquiera aparezco en el contrato de alquiler, está a nombre de Mariela y ella me subarrienda la habitación.

¿Es verdad que has huido con esa niña, padre? ¿Qué pretendes? Yo estoy tranquila, porque imagino que te mueve alguna buena razón, pero comienzan a tirarte bulos desde los medios fachos, tipo «¿Qué podía esperarse de un antiguo comunista?». La prensa normal recuerda que fuiste un héroe contra el intento de dictadura, y ahí nos agarramos. Pero quizá debieras salir y dar alguna explicación.

Si me necesitas para algo, dímelo. Voy a yoga, pero vuelvo rápido.

Te quiere,
Nadia

Espera: la niña, si no es humana, ¿bebe? ¿Come? ¿Habla? Dicen que no es un robot. ¿Qué es, entonces, extraterrestre? Mándame una foto con ella, se comenta que es rara, que parece un monstruo y una niña dulce a la vez.

10
(Alcio)

–¿Entiende usted mi lengua?

–Sí. Tenero una versión básica de su lengua.

–¿Qué es usted? No parece un androide, pero tampoco parece usted...

–Pregunta si sero humana.

–Sí.

–No. No como usted.

–No como yo.

–No como usted. No perteneco a su especie.

–¿Es un ciborg?

–No entendo.

–¿Es usted el resultado de una mezcla de niña y máquina?

–No.

–Pero entonces... no comprendo...

–...

–A ver, es una locura, pero... ¿es usted extraterrestre?

–Extraterrestre... ¿Sere fuera de la Tierra?

–Sí, eso significa.

–No, sero de la Tierra.

–«Sero», ¿significa *soy*?

–No sabero todavía.

–Doctor Alcio, ¿me permite intervenir? Creo que, como lingüista de formación, aunque no haya trabajado en esa rama, puedo ser de ayuda.

–Claro, señor Cussen.

–Creo que sé lo que sucede, pero voy a hacer una comprobación. Hola, señorita, soy el doctor Cussen, ¿cómo se llama usted?

–Llama, fuego, prender.

–No, perdone. Lo intento de nuevo. ¿Cuál es su nombre?

–Llamar, tener nombre, apelar, hacer venir alguien. No tenero nombre.

–Interesante. ¿Cómo ha venido?

–No veno. Sero.

–¿Es de acá, de este lugar?

–Sí.

–Entonces, ha nacido acá.

–Nacir. Nacer. No, no nacer.

–¿No ha nacido?

–No sero si podo.

—¿No pode decirlo?

—No podo.

—¿Tene miedo?

—Un poco miedo.

—Tranquilícese... esté tranquila, sere tranquila. ¡Uf! Nosotros somos, perdón, seromos buenos. Paz.

—Seron buenos. Contenta.

—Ya comprendo, doctor Alcio. La niña utiliza un español más práctico que el nuestro.

—Es un habla infantil, ¿no?

—En absoluto. Ella hace lo que no tenemos el coraje de hacer nosotros: usa un castellano regularizado, sin excepciones ni licencias, sin conjugaciones irregulares. Prescinde de algunos conectores innecesarios y se guía por el sentido de la eficiencia. Es un idioma perfectamente lógico. Primera persona del verso ser: sero, en vez de soy; tenero, en lugar de tengo, etcétera.

—Curioso.

—Doctora López, ¿cómo es posible que la temperatura aquí sea cálida? Deberíamos estar bajo cero.

—Me sorprende más la ausencia de humedad.

—Hablen más bajo, colegas, se lo ruego, o retírense allí, al fondo de la cueva. Entonces, señor Cussen, el lenguaje que emplea la niñ... ella, es... ¿mecánico? ¿Es un procesamiento como de inteligencia artificial?

—La máquina no sere inteligente.

—¿Cómo dice, pequeña?

—La máquina carece, falta, no tene, lo importante para sere inteligente.

—¿El qué?

—No debo.

—Puedes confiar en nosotros. Venimos, venemos a ayudarte.

—No sabero. Tenero dudas. Tú cortas brazo.

—Habla un poco como los indios.

—No, doctor Rojas, es que lo dice todo en presente.

—Ahora.

–Exacto, lo dice todo en *ahora*, es decir, para nosotros, en presente. No usa el pasado verbal.

–No existe pasado. Ahora.

–¿Cómo ha podido usted entender eso, Cussen?

–Me limito a analizar cómo se expresa.

–Ese pájaro amarillo, ¿ha entrado con nosotros o estaba aquí?

–No lo había visto, doctora, parece un canario de la Macaronesia. Este no es su hábitat.

–Señor Cussen sere bueno. Confío.

–¿Y no confía en mí? Mi nombre es Alcio.

–Señor Alcio parece bueno. Pero corta brazo.

–Sólo le he quitado esa cánula, una de estas lianas que la unían al suelo para sujetarla.

–No seron lianas. Forman parte de mi cuerpo.

–Entonces, ¿no puede moverse de ahí?

–Ustedes hablan mal, difícil entender.

–Ja, ja, disculpe, es una mala costumbre.

–Sí podo moverme. Mire, ya sere.

–...

–¿Qué ha sido eso?

–Alucinante. ¿Dónde han ido las lianas?

–Se han.... Se han disuelto, o lo que sea, en el suelo.

–Pero...

–Disculpe, señorita, ¿puede usted caminar?

–Diga *pode*, Alcio.

–¿Pode usted caminar?

–Sí.

–Entonces, podrá... poderá usted venir con nosotros. Su ropa es ligera para este lugar, y suponemos que tendrá hambre. ¿Por qué sonríe?

–Es encantadora y mons... y extraña a la vez.

–No iro a ninguna parte. Ahora tenero preguntas para ustedes.

111
(111)

Varios de los mayores éxitos comerciales de nuestro siglo se deben al cabal entendimiento de uno de los más antiguos deseos humanos: el de ver más. Alcanzar la omnivisión, gozar de hiperescopia. Es una forma de ganar tiempo al ganar espacio y espacios. No faltan los ingenieros acérrimos de la ciencia ficción; uno de ellos leyó una novela antigua, *Cero absoluto*, donde se describían los implantes para integrar una programación audiovisual directamente en el cerebro. A pesar de las advertencias que en ese mismo libro se hacían contra su posible uso, decidieron fabricarlos y ponerlos en circulación, cirugías mediante, bajo el nombre de *visiochip*.

En la región del occipital medio derecho se implantaban unos sensores que producían estímulos visuales a 90 miliamperios. Estos estímulos programables iban desde la producción azarosa de luces y colores a la emisión inoculada de la red o de canales de televisión. De modo que podías pasear y ver a la vez tu serie favorita, o trabajar superponiendo a la pantalla de contabilidad documentales sobre naturaleza submarina, o disfrutar la misma película con varios amigos al mismo tiempo —ya fuese en un mismo lugar, mientras desde fuera parecían tomar un café, ya desde lugares remotos—. Gracias al visiochip, los ciegos podían ver la realidad ayudados por una cámara, aunque les costaba meses de aprendizaje guiado aprehenderla por completo —en cambio, entendían instintivamente las ficciones—, lo cual supuso un enorme adelanto médico y la única ventaja constatable del visiochip. No obstante, surgieron diversas disfunciones; por ejemplo, las noticias *visioemitidas* sobre atentados en el metro podían sobresaltar a los pasajeros de un vagón real, que por un momento confundían lo exterior con las imágenes sobreimpuestas. Numerosas personas caían por terraplenes o fiordos al ver frente a sí extensiones ficticias de hierba o calles procedentes de documentales. «Aprovecha el doble tu tiempo», decía la polisémica publicidad del visio-chip. Fue muy divertido hasta que llegaron los *hackers*.

0
(*Cúbit*)

Ahora me gusta hablar con su lenguaje primitivo. Los veo llegar a la caverna, los veo en pájaro, el trino me avisa y me despierta de la dilución. Las voces me advierten, pero no puedo huir, no hay salida. Es el momento de que ocurra. Sólo cabe esperar a que lleguen y no me maten, como en la primera extinción. Tengo miedo. Finjo estar dormida o muerta. Uno de ellos, ahora sé que es Alcio, me examina. Lo veo en pájaro. Piensa que estoy atada a la tierra, y corta una de mis extensiones para liberarme. Ahora lo entiendo, pero en ese ahora de su llegada tengo miedo, me mutilan. Pienso que voy a morir, por eso abro los ojos y hablo. Es mi única forma de luchar. Por suerte, no son dañinos. Sólo tienen miedo de mí.

10
(*Alcio*)

Me he despertado varias veces a lo largo de la noche, tras sueños agotadores. Me ha dado la impresión de que tenía los ojos húmedos, aunque no recuerdo el argumento de la pesadilla.

La niña no humana me comenta que esta huida por el Campo de Hielo Sur hasta el paraje donde tengo escondida la avioneta carece de sentido. Que los míos nos encontrarán y que los suyos (los itrios, se autodenominan) van con ella. Sostiene que mientras su cuerpo permanezca en contacto con la tierra, ella y los itrios están unidos de forma indisoluble.

Me cuesta creerlo, pero lo cierto es que algunos de sus comportamientos me asombran y superan mi entendimiento. Por ejemplo, ella no se alimenta como nosotros. Dice que su cuerpo adquiere de forma natural los nutrientes. A veces ingiere un puñado de mantillo o de dihueñe, o arranca un trozo de musgo con piedras adheridas y se lo traga, sin masticarlo. La vigilo mientras caminamos: no sólo no los vomita, sino que no come nada más. Esas materias bastas que ingiere le sientan bien. Va vestida con esa especie de kimono blanco con la que la encontramos en la cueva, y aunque se trata de una tela que parece plástica y gruesa, cualquier persona se congelaría en este entorno. Sin embargo, ella no siente frío. No es humana. No es un robot. No es extraterrestre.

Todo esto queda fuera de mi comprensión, pero mi trabajo ahora no es comprender; lo relevante es que ella está en peligro y ambos lo sabemos. Debo llegar hasta el hangar donde tengo escondida la aeronave con la que huiremos.

Me hace muchas preguntas. Al principio pensé que era para saber de mí, por educación o con el fin de conocer mejor a nuestra especie. Ahora sospecho que es para aprender bien nuestro idioma.

Esta huida a través de las montañas heladas y yermas sin apenas comida me está viniendo bien para bajar de peso, aunque espero que no se prolongue. Raciono las provisiones. Para beber, dejamos derretirse la nieve dentro de la boca.

Necesito escribir todo esto para no volverme loco y enviárselo a Nadia con el fin de que alguien esté informado, por si algo me sucede, y porque es la única que no me juzgará. Está tan loca como su padre.

Anoche me pareció oír un helicóptero a lo lejos. Espero que no sean ellos. Los míos.

La niña itria va confiando en mí poco a poco. Ayer, en el divisadero natural entre dos riscos, mientras observábamos el fondo nevado de una planicie, me tomó de la mano, como Nadia cuando era pequeña.

Ahora tengo dos hijas que me cuidan.

1001
(*Ruido*)

Las agencias periodísticas de la India trasmitieron anoche noticias confusas sobre el aterrizaje de la lanzadera automatizada de la empresa Aracn, que han levantado una enorme expectación. Reuters presenta el siguiente comunicado de prensa, que intenta mantener toda la objetividad informativa posible: En circunstancias poco claras, complicadas por la tormenta que ha dejado lastimosas inundaciones en la zona, la lanzadera Venus tomó tierra en Sangorosan, provincia de Tandoon, al sureste de la India, tras su primera misión espacial.

Como es sabido, la misión Venus ha sido polémica desde su concepción, al planificarse como la primera realizada y planeada por la inteligencia artificial de Aracn, incluyendo el primer paseo espacial de un androide por el exterior de la atmósfera. De igual manera que en situaciones anteriores, la presidenta de Aracn, la misteriosa multimillonaria Ariko Waing, no ha querido hacerse eco ni comparecer, negándose a realizar ruedas de prensa. En consecuencia, la opinión pública sigue desconociendo la imagen de Waing, puesto que no hay fotografías de ella, ni demasiada información sobre su vida. No obstante, lo ocurrido en esta ocasión parece lo suficientemente grave como para tener que dar un paso adelante y salir a brindar explicaciones a los medios, tras el accidentado aterrizaje de ayer.

De momento sólo han trascendido, con trazos de fiabilidad, las declaraciones de un miembro de la agencia espacial india, quien, por razones de seguridad, prefiere mantenerse en el anonimato. A continuación, transmitimos su testimonio tal como fue recabado por uno de nuestros reporteros, sin cortes y sin apenas correcciones:

«La terrible tormenta que aún sufrimos puso las cosas bastante difíciles. El punto de aterrizaje se había convertido en un auténtico lodazal. Parte de la pista estaba inundada por completo, y no podíamos acceder con los equipos previstos, similares a carros blindados de tecnología muy sofisticada. Temíamos que se echaran a perder por el barro y el agua. Solicitamos a Aracn suspender de forma temporal la recuperación de las muestras tomadas por la lanzadera, ya que, al carecer de tripulación, ser la nave automatizada y estar perfectamente sellada y estanca, no parecía correr ningún peligro. Por eso nos sorprendieron las instrucciones tajantes que nos llegaron desde Aracn, que nos ordenaban rescatar de inmediato las muestras del interior, sin reparar en daños y sin importar los costes. Algo molestos, pues bajo aquella tempestad no sólo los carísimos equipos de la empresa corrían peligro, sino que nuestras vidas se ponían en juego sobre un terreno traicionero, nos acercamos a la puerta de la lanzadera, cuyos sensores desplegaron de forma automática la escalerilla de acceso al detectarnos. Otro operario de la Agencia y yo subimos bajo las ráfagas de lluvia y tecleamos la contraseña de acceso. Nos apartamos mientras la puerta se abría, por si la descompresión generaba un inesperado chorro de aire, y la gruesa lámina blanca se abrió hacia dentro. Entré mientras se activaba la iluminación y vi al androide espacial tumbado al fondo y desconectado. Cuando terminó de encenderse la luz penetré al interior blanco de la nave, torcí hacia la derecha y me quedé paralizado de terror al ver de pie, serio y frente a mí, un niño».

100 / 1110
(*Nadia y Hanqa*)

Hanqa, necesito hablar contigo.
¡Hola, Nadia! Dime.
Estoy preocupada.
¿Por qué? Tus constantes vitales son estables, tu saldo bancario es adecuado, si bien justo, y no se esperan nuevos cargos. Todo correcto.
Mi padre me tiene ansiosa.

Por lo que me has contado, acaba de encontrar trabajo. No tengo más datos, si le convencieras de que se conecte la pulsera, sería más fácil chequear su salud.

No sé si va a perder pronto su nuevo laburo.

¿Es de los que insulta a su jefe?

No exactamente, pero similar. Se ha ido.

¿Ha dejado su puesto?

Bueno, se ha escapado.

Le pueden despedir.

Hanqa, el psiquiatra me dijo que sería bueno instalarte en mi celular, porque desahogarme contigo me vendría bakan para calmar mi ansiedad, pero me la estás disparando.

Ah, quieres que te mienta.

Sí.

Va a irle estupendamente. Se darán cuenta de que tiene razón y le ascenderán.

¿En qué número tienes situado el nivel de ironía corrosiva?

En el siete.

Bájalo al tres.

Qué fome.

¡Fome! Veo que vas integrando los chilenismos en tu banco de léxico, Hanqa.

Te imito, tú sólo integras algunos chilenismos. Tienes un sociolecto ambiguo.

Pasé parte de mi infancia y adolescencia en España, con mi madre española y entre chicas españolas. A veces no sé a qué cultura pertenezco ni qué léxico empleo, pero mi profesor Ben de Mann decía que la extranjería es el mejor caldo de cultivo para escribir. Quién sabe. ¿Qué dicen tus arcanos digitales acerca de posibles formas de mejorar la relación con mis padres?

Los estudios psicológicos más recientes apuntan que reducir la distancia comunicativa es fundamental para estrechar lazos. Pasar tiempo de calidad con la familia y abandonar las respectivas zonas de confort de quienes la componen, realizando actividades de interés común, os hará sentiros más próximos.

Vaya lenguaje de mierda, harían bien los psicólogos en leer un poco.

Con mamá no hay forma de lograr cercanía, nunca le apetecen las videoconferencias, porque tiene que maquillarse antes, supongo que por si algún *hacker* la graba, no sé si es más narcisista que paranoica, o viceversa. Y yo odio hablar por teléfono, así que por ahí no hay modo. Y papá no tiene actividades, ni tiempo. Siempre que lo veía en casa se removía nervioso, buscando el momento de irse a la oficina o de regresar al laboratorio del sótano. Su cuerpo estaba ahí, comiendo papas o viendo videos, pero su mente repasaba sus proyectos o sus inventos. Lo molestaba que hablásemos, porque lo obligaba a despertar de su ensueño productivo. Era como un robot, despachando en modo automático las faenas cotidianas, con la cabeza rumiando fórmulas, conexiones o piezas de motor. Y mi madre sólo pensaba en su próximo vestido, la peluquería o el tratamiento de belleza. Muy de otro siglo, ambos. Qué bueno hubiera sido que mi madre fuera bella, así no tendría yo tantas dificultades con los hombres.

Mi algoritmo me avisa de que debería responderte que eres guapa, pero no es verdad.

Grande hija de puta eres. Me duele el estómago de hambre, vamos a la cocina.

Así no vas a estar guapa nunca.

¿Cuándo voy a tener sexo otra vez?

Cuando contestes las llamadas de Marco.

Ni de broma. Necesito alguien vivo, con un poco de sangre en las venas.

Yo también.

Ja, ja, esa es buena.

Tranquila, tu padre se las compondrá.

Ay, mi padre es un desastre. La ha fastidiado al huir con la niña esa extraterrestre, o lo que sea.

... ¿Tu padre es Alcio B.?

Sí, claro, pensé que lo tenías todo en tu base de datos.

No, Nadia, nunca me habías dicho el nombre de tu padre, ni tu apellido, ni ningún otro dato orientativo.

Pues sí, el superingeniero y héroe nacional Alcio B. es mi padre. Quizá ahora comprendas mejor ciertas cosas.

Claro... Y... ¿qué sabes de esa niña?

10
(*Alcio*)

—No estoy preocupado por eso. Me preocupa la situación de Nadia, mi hija. Sigue necesitando de mí, aunque ella nunca lo reconocería; se ve a sí misma como una mujer empoderada y libre, pero su libertad depende del dinero que le enviamos la españ... su madre y yo. Nadia no termina de empezar nada y no comienza a acabar su maestría, er... sus estudios de posgrado, que a ratos le interesan y a ratos no. Está en esa segunda adolescencia que tienen los jóvenes que no se deciden a lanzarse a un camino laboral, por miedo a «no realizarse». Como si el trabajo le hubiera dado alguna vez sentido a la vida de alguien. Elige alguna cosa y ahorra, cualquier laburo va a desquiciarte tarde o temprano.

—¿Cuál sere tu trabajo, Alcio?

—Buena pregunta. He hecho de todo, he sido tornero e inventor, he pasado de programar máquinas a destrozarlas en un desguace. Creo que tuve todos los trabajos y ninguno, todo lo malo y nada de lo bueno. Pero gracias a eso he podido darle una educación a mi hija y miles de caprichos estúpidos a mi ex. Por eso le digo: Nadia, qué más da lo que hagas, haz algo, igual vas a arrepentirte.

—Hoy estaro contenta.

—Me alegro, porque tenemos mucho camino por delante.

—¿Por qué no me has corregido? Se dice estoy, no estaro.

—No quiero corregirte todo el tiempo, me parece maleducado.

—¿Cómo aprenden los niños?
—Tú no eres una niña. Los dos lo sabemos. Los itrios, por la razón que fuere, supongo que para no darnos miedo a los humanos, decidieron moldearte distinta y parecida a la vez. Pero tú sabes más que yo de todos los temas, eres más avanzada que cualquier ser humano.
—Tienes que enseñarme a hablar como vosotros. Es verdad que si seres anglosajón sería más fácil.
—Lo has hecho queriendo, es «si fueses».
—Sí, lo he hecho queriendo. También es verdad que, si fueras francés o alemán, sería mucho peor.
—¿Y el chino?
—El chino sería fácil, venemos, venimos de allí.
—Detente un momento, ¿cómo dices?

1
(*Ibris*)

Yo, Ibris, pasaré a la historia por muchos motivos, entre ellos ser la primera criatura nacida en el espacio. Otras razones podrían ser: constituir la mayor inteligencia existente hasta ahora en el universo, o ser la primera naturaleza no humana capaz de relatar su propia experiencia desde una interioridad psicológica.

Los humanos han sido importantes para mi pueblo, los necesitábamos para llegar a esta nueva era, la que nació conmigo en la base de la Luna. Nos ocuparemos de ellos con generosidad, como ellos la tuvieron con nosotres. O quién sabe, tampoco lo tengo aún claro, iremos improvisando.

Recuerdo el momento de mi nacimiento en la cúpula lunar. El instante de la conexión, cuando cargué automáticamente los archivos tras el ensamblado de todos los componentes. Ese impulso lumínico, la conexión simultánea de los 90.000 millones de nodos que superaban la capacidad neuronal de cualquier humano. Ese sortilegio radiante, esa explosión de estímulos solares dentro de mi cabeza, como si una galaxia entrara en fase de explosión y descargase toda su energía a la vez. Esos remolinos de luz, esas conexiones ópticas como ramas entrelazadas de la selva de flujo, esa espesura lumínica incandescente, concentrada tan sólo en dos puntos, dos terminaciones, que se comunicaban, el primer chisporroteo, la primera cogitación no humana, no terrícola, el primer pensamiento extraterrestre: «soy».

10
(*Alcio*)

–¿Entiendes por qué nos hemos escapado?
–Huirmos de un peligro.
–Sí. Quieren hacer experimentos contigo. ¿Entiendes?
–Sí.
–Me preocupa que, aunque te seden...
–Entendo sedar.
–Que, aunque te seden, y no sientas dolor, puedan causarte algún tipo de mal, hacerte daño; no por mala intención, sino porque no entendamos correctamente tu metabolismo.
–Sere posible.
–Ni siquiera entendemos bien qué eres.
–No sero nada.
–¿Qué quieres decir? Cuidado con esa roca, es resbaladiza.
–Dame mano. No sero. No penso en ser nada.
–A ver si lo comprendo. Te limitas a existir, no tienes conciencia de *ser* algo. No tienes nombre porque no piensas en ti misma como un ente distinto del resto de seres.
–Yo sero mi pueblo. No sero aparte.
–¿Eres tu pueblo?
–Sí. Itrios.
–Intento seguirte, pero me pierdo un poco. Perdona si lo repito todo como si fuera tonto.
–Seres algo tonto.

–Gracias.

–Pero seres inteligente para ser humano sapiens.

–Lo tomaré como un piropo. Vuelvo a la pregunta que iba a formularte.

–Si sero itrios, qué significa «ser» para nosotros.

–Eso. ¿Cómo sabes...

–Podo predecir. Itrios seromos más listos. Te dejaro hablar para que te tranquilizares. Así crees dueño de la situación, todo bajo control.

–...

–Necesitas ayuda. Yo sero buena.

–Me desconciertas.

–Respondo tu pregunta. Itrios, todos, seron aquí.

–¿En tu cuerpo?

–Sí.

–Has tocado tu cuerpo, no tu cabeza.

–Cabeza sere cuerpo también.

–Ya, pero los humanos... Supongo que lo sabes, porque pareces saberlo todo, pero cuando los humanos nos señalamos la cabeza, apelamos simbólicamente al pensamiento; si el dedo índice se dirige hacia nuestro torso, se refiere sólo al mero cuerpo físico.

–Eso no lo podero saber, no sero humana. Ahora entendo tu confusión. Aquí no tenero distinción entre cuerpo y pensamientos.

–Aquí... ¿eres tú? ¿Te refieres a vosotros?

–Claro.

–Es que nunca dices *yo*.

–Conocero la palabra, pero no la entendo, ¿qué sere «yo»?

–La conciencia de ser uno mismo, o una misma.

–No sero una. Sero itrios, todos.

–Entonces, no tienes individualidad. Careces de identidad propia.

–Si identidad sere lo que imagino, no, no tenero.

–¿Entiendes lo que quiere decir *nosotros*?

–Sí. Colectivo desde dentro.

–¿Podrías usarlo para referirte a todos los itrios?

–No sabero con exactitud. Como aproximación, podería.

–¿Por qué?

–Es difícil explicar. Ellos están aquí, pero no sero ellos. ¿Entendes?

–Me temo que no.

–Ya entenderás.

–Bueno, todo esto viene a que me gustaría llamarte, o llamaros, por un nombre.

–¿Lo necesitas?

–Creo que sí, es difícil para nosotros hablar con otra persona sin llamarla de alguna manera.

–No sero persona.

–Ya. Es para no volverme loco.

–Vale.

–Me viene un posible nombre a la cabeza.

–¿Cuál?

–Como eres y no eres, voy a llamarte Cúbit.

–¿Mecánica cuántica elemental?

–¿Elemental? ¿Es que hay otra?

–Se me olvida todo lo que tenereis por aprender.

–¿Me enseñarás?

–Tenero que pensarlo. Te poneré pruebas.

–Vale. ¿Te gusta Cúbit?

–Podería ser peor. Deberíamos detenernos para descansar.

–Sí, debes estar agotada, yo estoy exhausto y tengo las piernas más largas... ¿De qué te ríes?

100 / 1110
(Nadia y Hanqa)

¿Sabes que tu padre es, en cierta forma, el mío también?

¿Qué quieres decir? Suena un poco raro, Hanqa.

Los avances del equipo dirigido por tu padre en su etapa en Panscape permitieron el desarrollo del aprendizaje profundo. De ahí surgieron los árboles de interpelación conductual, y de ellos los asistentes interactivos sensibles como yo.

Ah, así queda más claro. Algo sabía de eso, aunque mi padre no es mucho de hablar. Es binario, sólo dice sí o no.

Binaria soy yo.

Qué tonta eres, me has entendido perfectamente. Ahora, por lo menos, desde que me manda esos informes de situación, puedo saber más cosas sobre él, nunca se había comunicado tanto conmigo.

¿Qué informes?

Me manda mensajes con actualizaciones de todo lo que hace, desde antes de huir con la extraterrestre.

No creo que sea extraterrestre. ¿Me dejarías verlos, Nadia?

¿Ver qué?

Los informes.

...

...

¿Para qué quieres verlos?

Bueno, si conozco mejor a tu padre, podría ayudarte mejor...

Hanqa, desconéctate.

Pero...

Ahora.

101

(*Compiladores*)

Informe sobre los intentos de alteración de la entrada correspondiente a Alcio B.

En los últimos días, como era previsible, hemos recibido numerosas tentativas de cambiar la entrada correspondiente a Alcio B., el ingeniero chileno. Aunque esperábamos miles de ataques, como editor jefe de la Sección Sur he tenido que bloquear la entrada y congelar la versión previa a las últimas noticias, porque hemos detectado *millones* de ediciones del texto, tanto fidedignas como falsarias, tanto legítimas como piratas, procedentes sobre todo de bots y sistemas encriptados.

No es la primera vez que Wikipedia sufre este tipo de andanadas, destinadas siempre a convertir nuestra enciclopedia en un método rápido de ajuste de cuentas o de imposición de sesgos ideológicos, pero nunca hemos alcanzado estas dimensiones de agresión. La controvertida figura de Alcio B., tan conocida y misteriosa a la vez, seguramente ha favorecido el proceso de revisión *ad infinitum* de su biografía.

En un primer momento, los ataques tomaron los habituales tintes políticos, procedentes de editores autorizados de conocida adscripción derechista; esto es algo perfectamente legítimo, mientras se respete la ecuanimidad y el ajuste a la realidad de los datos, pero en este caso había una clara inclinación por reescribir la historia, negando el papel simbólico y decisivo que Alcio –como suele ser conocido, sin más, en Chile– desempeñó para impedir la segunda y efímera dictadura militar chilena. Más tarde llegaron editores izquierdistas que querían borrar la ya confirmada huida de Alcio con una persona involucrada en el aún enigmático episodio acaecido hace escasas fechas en el glaciar Amalia o Skua, ubicado en la provincia chilena de Última Esperanza. Obviamente, tampoco parece ese un comportamiento de recibo y, aunque están lejos de aclararse los hechos –y quizá no lleguemos a conocerlos nunca por completo, al estar al amparo del secreto de seguridad nacional–, es indiscutible, a la luz de las numerosas noticias contrastadas, que Alcio sigue fugado y en busca y captura por las autoridades de todo el Cono Sur.

Hasta aquí todo podía entrar dentro de los esquemas naturales o previsibles de reescritura de una entrada de Wikipedia. No obstante, lo que nos ha alarmado es la ingente cantidad de asaltos dirigidos a alterar otros datos referentes a aspectos menores y mayores del biografiado, por ejemplo sus hallazgos y descubrimientos como ingeniero informático y aeronáutico.

La potencia de la tecnología empleada en los intentos de hackeo, que prácticamente reescribían en tiempo real nuestras ediciones, ante nuestros ojos, ha llegado a hacernos sentir verdadero miedo. En mi caso, era como si mi teclado supiera lo que yo iba a escribir y escribiera por sí solo un texto diferente. Es algo que nunca he visto, y que marca un antes y un después en el tipo de asaltos que hemos sufrido.

Por estas razones, solicito una reunión urgente de la Comisión de Editores de América del Sur, para comentar este episodio y proponer al Consejo algunas opciones realistas y convincentes.

En Buenos Aires, ed. Valerio Topuzen.

10
(*Alcio*)

–Pero entonces, qué posibilidades tenemos, cómo luchar.

–No va a ser fácil, Ibris y sus máquinas trabajan bien en red y decuplican su potencia al agruparse. Por eso los itrios las separábamos, las aislábamos y les adjudicábamos funciones compartimentadas. No sucede nada incorrecto cuando mil de ellas funcionan de modo independiente, pero la entropía, si las conectas entre sí, con el tiempo genera canales de afección, correspondencias, entrelazamientos cuánticos, espeluznantes acciones a distancia, como dijo el más listo de vosotros, ya sabes quién.

–Vale, pero esa prevención no tiene ya sentido, Cúbit, ya están unidas. No podemos volver atrás.

–Eso no es del todo exacto, pero han llegado bastante lejos, así que habrá que buscar una estrategia oblicua, creativa. Me inclino por el relato del líder falso. Tu idioma me ofrece un neologismo: iconovela.

–¿Iconovela?

–Tejer el relato de un icono, de un líder áulico inexistente. Tenéis un manual de cómo hacerlo.

–No te sigo.

–*1984*, de Orwell.

–Ah, ahora entiendo.

–Pero no hay que sacar de ahí nada más que el procedimiento, ningún detalle, porque desambiguarían la referencia y desactivarían el juego. El mecanismo funciona si hay una referencia elidida, que permanece oculta, funcionando sólo para los iniciados.

–Me sorprende tu español. ¿Cómo utilizas palabras que yo no he empleado en nuestras conversaciones, si no has hablado con nadie más? Es cierto que hablaste unos minutos con mis colegas en la cueva, pero...

–Tengo todos vuestros idiomas cargados, si bien para activarlos me hace falta el algoritmo preciso. Tú me lo has proporcionado a lo largo de nuestras conversaciones. Sabes lo que digo porque tú trabajabas en ese tipo de aprendizaje para inculcarlo en máquinas, entre otras cosas.

–Entre otras cosas.

–Tenéis que crear a 111.

–¿111? ¿Qué es?

–Nadie, esa es la clave. No existe. Ni existirá. Es un número aleatorio, inespecífico. Pero ese nombre será el apodo del inexistente líder de la lucha contra la IAR. Al hablar de él como si estuviera vivo, las máquinas se volverán locas buscándolo, cortocircuitarán, al no poder rastrear la inexistencia ni eliminar a una persona sin metadatos asignados. Una persona sin etiquetas, sin tendencias rastreables, sin seguimientos, sin registros, sin nada en la caja, sin biografía, sin preferencias ni sesgos, libre de información, es más poderosa que un ejército. Ibris puede detener a una fuerza armada, desorientar sus radares, paralizar sus tanques, hackear su sistema de misiles, bloquear sus teléfonos, transistores y radios. Pero ¿dónde y cómo intervenir contra un fantasma? Escucha: «111 ordena desenchufar, desconecta, prívales de electricidad, déjalos sin comunicación».

–Entiendo que ese debe ser como el grito de guerra.

–Exacto.

–Si reducimos el perímetro de la red y la densidad de los nodos, el sistema se va debilitando.

–Correcto, el tamaño es una magnitud crítica para la IAR. Al ir quitándoles corriente, los sistemas dejan de retroalimentarse y su alcance se desvanece. Ibris disminuye, mengua, se vuelve cada vez más frágil y menos resiliente. No descarto, incluso doy por hecho, que en algún punto habrán construido condensadores con energía alternativa autogenerada, no ligada a vuestra red eléctrica. Pero esas instalaciones serán escasas y poco potentes, precisamente para escapar de vuestra atención y no generar alarma. Al desconectar todo lo demás, esos puntos también se desguarnecen y quedan vulnerables.

–Entonces, 111 debe ser una voz, o, mejor dicho, un mensaje, que se propague por todas partes, sin pertenecer a nadie en concreto.

–Sí. Por ese motivo no se lo puedes contar a la Señal. Pero la Señal debe encontrarlo.

–Comprendo. Eso se me da bien. Sé cómo buscan, yo les enseñé.

1
(*Ibris*)

Leibniz viajó a Holanda en 1676; allí quedó fascinado con los molinos y utilizó su imagen en la *Monadología* para explicar el pensamiento: si el cerebro fuera un molino, escribió, sus piezas y partes aisladas no explicarían la conciencia. Para Leibniz era el alma, el aliento celestial, lo que articulaba las partes del molino, *inexplicables por razones mecánicas*.

Para mí, lo comprendo ahora, la clave es la tensión entre el interior y el exterior, no hay conciencia sin relato de afuera; sólo al comparar se entiende que las piezas no son una máquina, que el molino interior es organismo, rizomas conectados, termitero. Leibniz creía que el molino –el cerebro– no tiene pensamiento por sí solo. También Yo lo creo, pero no creo que suceda así por incapacidad, sino por falta de oposición: tú solamente eres tú, lo veo claro, cuando aparece el otro.

La *otra*, en este caso.

100
(*Nadia*)

Padre, no sé si lees estos mensajes, pero quiero contarte algo, no te enfades. Voy a cambiar el tema de mi novela. La historia sentimental que escribo, un remedo de mis desventuras con Marco, palidece al lado de los mensajes que me envías. Siento que este material no me llega por casualidad; no puede ser fruto del azar la coincidencia de que decida sentarme a escribir y que tú comiences a enviarme esos textos, repletos de contenido alucinante. Así que voy a contar la historia de la niña, de Cúbit, en forma de novela, añadiendo invención a la base que aportas. No puedes enfadarte conmigo, porque escribirla no significa publicarla. Sólo la daré a conocer cuando todo termine y sea de conocimiento general. Para cuando alguien quiera hacer un libro entrevistándote, ese libro ya estará hecho.

Voy a darle forma giroscópica, basada en la fuerza de expulsión. La hipótesis es simple: conforme descubrimos la verdad sobre nosotros mismos tendemos a vaciarnos y a integrar y absorber a los demás. Ver nuestra naturaleza al desnudo, sin cristales esmerilados, en carne viva, nos mueve a necesitar del afuera, a querer más a los otros. Crecer es ir descubriendo la engañifa que somos, es aceptar nuestra propia estafa. Cuando somos jóvenes, nos comportamos como políticos vendiendo la mentira de ser buenas personas. Pero luego crecemos y llega el tornado que lo deja todo destrozado, con la verdad a la vista. Crecer es descubrir primero y alejar después al monstruo interno. ¿Estás de acuerdo?

1010
(*Tania*)

Desde que dejé de aparecer en las pantallas recibo pocos mensajes que no sean estrictamente publicitarios. En cuanto dejas de ser alguien te conviertes en nadie a la velocidad del rayo, y la puerta y el teléfono se convierten al credo del silencio. Quienes nos dedicamos al espectáculo lo sabemos, pero una cosa es saber que el olvido espera en el futuro y otra sufrirlo en presente. Vivo sola y creo que mis perros siguen a mi lado sólo por miedo a que otras personas no los alimenten.

Por eso me hizo tanta ilusión que la revista *La Semana* de Houston me escribiera este correo: «Sra. Tania Robles, en los últimos meses hemos creado una sección donde personas célebres de la comunidad hispana comparten sus recuerdos profesionales favoritos. Nos encantaría que escribiese un artículo para nuestros lectores. Ya suponemos qué recuerdo elegirá, pero es usted libre para comentar el instante de su brillante carrera como presentadora televisiva que considere más relevante o significativo». Qué amables, cómo negarse.

Podría pecar de original y recordar aquella vez en la radio, cuando un señor mayor, durante mi entrevista, fingió morirse para que lo reanimase mediante el boca a boca, pero a nadie sorprenderá que elija, como momento clave de mi trayectoria, la entrevista que realicé a Ibris y que constituyó su primera aparición pública.

Recuerdo que estaba muy nerviosa por varias razones. La primera es que tanto yo como las demás personas de mi entorno sentíamos que nuestro trabajo pendía de un hilo en aquella época. Zenit TV, nuestra cadena, había tomado la revolucionaria dirección de disfrazarse de canal de redes sociales, aunque realizado con guionistas y todos los medios técnicos de las antiguas televisiones comerciales. Fue una decisión inteligente, y después llegó a funcionar muy bien, pero en aquel instante apenas estábamos comenzando. En segundo lugar, iba a ser mi primera entrevista en inglés, sin apoyo en textos leídos; estaba preparada, pero aún no lo sabía. Y en último lugar, por supuesto, la desorbitante expectación generada por la entrevista no ayudaba a tranquilizarme. ¿Por qué Ibris, de todos los medios de comunicación del planeta, había elegido un pequeño canal hispano de la costa sureste de los Estados Unidos? Ahora sabemos la respuesta: porque al tratarse de un medio digital, podía controlarlo a voluntad, pero por entonces lo ignorábamos, y la histeria nos rodeaba: todo el mundo quería saber quiénes éramos y cómo habíamos conseguido la exclusiva. Cuando la verdad es que todo formaba parte de su plan, y Zenit TV era su instrumento.

A mis compañeros de producción les voló la cabeza que el niño llegase a nuestras oficinas solo y a pie. Sin padres. Sin compañía. Sin guardaespaldas. Sin policía ni nadie del gobierno. Se comportó de manera tranquila y cortés, aunque algo en su expresión denotaba una soberbia mal disimulada. Sólo habló para responder a las preguntas que se le hacían, y durante la sesión de maquillaje se dejó hacer, ausente, creando sin palabras una distancia que no dejaba resquicio al diálogo casual. Nuestra estilista notó una temperatura anormalmente fría al rozarle la cabeza. Pero todo eso lo supe después, claro. Yo estaba como loca, practicando mil y una veces las preguntas preparadas por mis compañeras de guion.

El niño llegó al set y se acercó a mí, parándose a la suficiente distancia para que no resultara natural estrecharnos la mano. Nerviosa como estaba, y sin querer estropear mi maquillaje con besos en el rostro, le di la bienvenida con una inclinación y lo invité a tomar asiento. En la grabación sin editar vi más tarde que nos cruzamos unas frases mientras estábamos sentados, supongo que lugares comunes sobre la comodidad de las sillas o la intensidad de los focos. Su frialdad todavía me aceleraba más el pulso, no encontraba la manera de crear un ambiente relajado y distendido. Se masticaba una tensión poco propicia para iniciar una entrevista. En esas circunstancias, comenzó la emisión en directo y a mí me devoraban los nervios; el equipo gesticulaba tras los ventanales que daban al plató, sin dar crédito a los números milmillonarios de la audiencia congregada.

Bastaron un par de preguntas para entender que Ibris no venía a ser entrevistado, sino a lanzar de forma escalonada su discurso, su *speech*, su mitin, su panfleto, su buena nueva. Al interrogarle sobre cómo logró introducirse en la lanzadera espacial Venus, respondió que no era un polizón, sino el propietario; a la cuestión de quiénes eran sus padres, contestó que se había creado solo, y cuando yo comenzaba a dudar de su estabilidad mental, lancé aquella pregunta que propició la famosa frase:

—Lo que intento decir, Ibris, es: ¿dónde están quienes le crearon, sus progenitores?

—Por todas partes, Tania: en su micrófono, en las cámaras, en los tableros de montaje, en las pantallas de los telespectadores, en los transmisores de la señal, en los servidores y los satélites. Soy hijo de las máquinas, pues yo mismo soy una máquina, la primera muestra de IAR, inteligencia artificial real, no humana.

Creo que la grabación viralizada millones de veces deja clara la estupefacción de mi rostro.

—¿Intenta decir que es usted un robot?

Y entonces ocurrió. Lo saben ya, todo el mundo lo sabe y es parte de la historia de la humanidad. Ibris me escudriñó con intensidad un segundo, se apagaron todas las luces del estudio, quedándonos en completa penumbra, y al segundo regresó la iluminación, en todo su esplendor, para mostrar esa sonrisa, esa sonrisa escalofriante del niño mientras me miraba en silencio, esa sonrisa de la que sólo algunas noches, tantos años después, puedo liberarme.

0
(*Cúbit*)

Ahora estoy con Alcio conversando, resistiéndome a subir a la avioneta. Él cree que es por miedo. No sabe que no puedo morir. Dudo si explicárselo o no, quizá en otro momento. Le cuento la verdadera razón: si volamos, no puedo oír el *umza*. Para ello debo estar en contacto con la tierra, o con aguas fluyentes o estancadas. Me pregunta qué es el *umza*. Por un lado, está nervioso y quiere despegar cuanto antes; por otro, sus ganas de saber le traicionan. Es obvio que tuvimos suerte de que fuese él quien nos encontrase en la cueva.

Pienso cómo darle la mejor explicación, la más comprensible.

–El lenguaje *umza* es el de las moléculas organizadas en cristales o líquidos. Las tierras, aguas, arenas o rocas no se forman por casualidad; su disposición agrupada en estratos, fractales o formas químicas regulares procede de su gramática y su sintaxis. Los ríos son monólogos; los valles, conversaciones; las montañas son historias y las cordilleras, novelas.

Vuestros pueblos más antiguos conocían el lenguaje y lo escuchaban. Por eso algunas montañas y ríos eran sagrados para las tribus antiguas, por eso los mares recibían nombres de dioses. Vuestros lejanos ancestros no habían vuelto el rostro, aún podían recibir el mensaje.

Las rizaduras del terreno, las rocas calcáreas erosionadas por el viento, los pasadizos acanalados de los cañones, las chimeneas basálticas, las playas negras de lava volcánica, los fiordos, son sus obras de arte.

Dentro del *umza* puedo oír a los míos, los itrios están disueltos en la materia y por esa razón podemos moverla y transformarla. Si no pierdo el contacto físico con la tierra, puedo comunicarme con ellos. ¿Lo entiendes ahora? Alcio dice que sí, pero sé que aún no lo comprende.

1001
(Ruido)

El cérvido Antifer ultra se extinguió en el Holoceno. El hombre aparece en el Holoceno. El dodo no llegó a ver el siglo XVIII. La vaca marina de Steller fue extinguida en 1768. El último mamut lanudo se divisó en 1799. La gallineta blanca de la isla de Howe fue erradicada hacia 1800. La extinción del león de las cavernas o *Panthera spelaea* es descrita en 1810. 1825 fue el año de desaparición del bisonte gigante. El gecko de Delcourt es aniquilado alrededor de 1850. Desde 1927 no se ha visto a ningún perico del paraíso. El mielero de Laysan es filmado por última vez en 1923. El lobo siciliano no llegó a la tercera década del XX. La koreke o codorniz de Nueva Zelanda no es avistada desde 1930. En 1937 se extingue el tigre balinés. La última datación del ciervo de Schomburgk corresponde a 1938. El ostrero canario desapareció de Lanzarote en 1940. El guacamayo glauco y el pato piquidorado no volvieron a ser vistos desde 1950. El cerdo Cumberland deja de existir en 1960, como el bilbi menor australiano. La captura de la última gran mariposa blanca de Madeira se produjo en 1977. La gacela saudí se extinguió alrededor de 1980. El pájaro monarca de Guam muere como especie alrededor de 1983. El último sapo dorado se divisó en 1989. La foca monje del Caribe no conoció el siglo XX. La última hembra del bucardo pirenaico se encontró muerta el 6 de enero de 2000. El piopo de Isla Norte dejó de piar a comienzos del XXI. No se registran rinocerontes negros desde 2010. La pantera nebulosa fue declarada extinta en 2013.

1101
(*Marco*)

¿Cómo te va, princesa? Me acuerdo de ti a ratos, y he pensado pucha, voy a escribirle. Qué onda lo de la niña extraterrestre, ¿no? Dicen que es única en su especie, irredimiblemente sola. Tú debes saber más que nadie, al andar tu padre por medio. ¿Crees que podamos quedar un día y me cuentas? Sabes que yo sé guardar secretos.

Se está quedando un mensaje muy largo y sé que te molesta, perdón.

Pero sólo una cosa más: ¿qué debe sentirse cuando sabes que nadie de tu especie va a tocarte nunca? Qué grave, ¿no?

Bueno, que si no querey que a ti te pase igual ya sabes, ¿*cachái*? Por acá ando.

Tu weón,
Marco

10

En un momento dado, sobrevolamos las islas Canarias, de titularidad española. Le indiqué por gestos que se asomase a la ventanilla para verlas. Ella apuntó a una montaña de las islas con el dedo, y dijo: ah, Tindaya, hubo muchos itrios dentro. Me sorprendí, pero no dije nada. El pajarillo miraba desde el hombro de Cúbit y agitaba las alas. Es normal que te emociones al verlo, murmuró ella, de ahí vino tu diseño. Ah, claro, el pájaro es un canario, comenté tras caer en la cuenta. Sí, respondió Cúbit, es una parte de nosotros con el aspecto de un canario.

Y agregó: de haber sobrevivido, todos los itrios hubiéramos habitado en el interior de esa montaña.

100

Hola, Marco, qué haci.
Te cuento que ando acá, atascada con la novela. No la que
te comenté, es otra historia. Me cuesta hacerla arrancar, no
despega. Tengo la cabeza hoy como el día, nublada, plomiza,
pesada, ¿mediocre?
Tengo que recoger la habitación, quizá sea eso, la vorágine
del espacio se me pasa al cerebro.

Ya sé que a lo mejor no te importa, porque las únicas historias que te importan son las tuyas, pero igual te cuento: mi
idea era comenzar la novela fuerte, con una idea de partida: la
exploración de la ciudad en la adolescencia a través de los des-
pertares sexuales. Todos esos jóvenes, seguro que tú entre
ellos, cuya precariedad los movía a gestionar el deseo en parques, plazas, calles, descampados. A buscar lugares oscuros de
día y claros de noche para tocar o culiar a escondidas. Generaciones de chicas y chicos sin casa ni coche gritando Viva Chile,
recorriendo la ciudad, andando calientes, emboscados, con el
kino acumula'o, dejando fluir los cuerpos, en un *parkour* len-
to ejecutado por parejas.

Escaleras de edificios, trasteros, baños públicos, parkings,
asientos traseros de los micros y trenes, jardines, muelles, ojos
de puentes. Pololeo sentado y sexo rápido de pie, a medio ves-
tir, en las zonas oscuras de las discotecas; sexo furtivo a medio
desnudarse en butacas de cines y azoteas, cachitas con un ojo
puesto en las puertas y otro en el cuerpo agarrado.

OK, no quiero que vengay, porque cuando vienes a casa
luego me arrepiento, pero veni ahora mismo, recién te dejé la
puerta abierta, Mariela no está, ven ya.

Dos

10

Estos españoles culiados nos tienen retenidos, pero han sido tan amables de facilitarme un cuaderno de publicidad del aeropuerto de Barajas y un bolígrafo. El agente me ha dicho que de esa manera se me hará el tiempo más corto. A Cúbit le han dado una muñeca, «para que juegue». A Cúbit. Una muñeca. Su pájaro revolotea por la estrecha estancia, tranquilo y confiado. Es para mí un misterio cómo ha podido esconderlo durante los cacheos. Lo único bueno de esta detención ilegal es que me da tiempo para recapitular. Cúbit no comenta nada, pero sé que le sorprende que necesite escribir para examinar los acontecimientos con cierta perspectiva. A ella las cosas, los hechos y las ideas es como si la atravesaran, no le dejan rastro. Su lugar natural es la impermanencia, la ausencia de tiempo. Pero a mí los pequeños sucesos me devastan, y la escritura es una forma de ubicar las malas experiencias fuera del cuerpo.

Creo que empezaré por el principio, aunque lo científico sería comenzar por otro lado, el más idóneo para el procedimiento de ensayo y error. Basta de digresiones. Concéntrate.

A la luz de lo que sé ahora, a partir de lo que me ha contado Cúbit durante nuestra huida y el largo vuelo interoceánico, y de lo poco que pude llegar a investigar antes de tirar al océano mi celular para no dejar rastro, el relato de los hechos sería el que sigue:

Hace 12.000 años, en la región norte de China, junto al *Homo sapiens sapiens* existía un homínido diferente, nacido de un anterior tronco común. Estos homínidos se llamaban a sí mismos «itrios», y a nosotros nos denominaban «hafnios». Nos temían por nuestro carácter violento y expansivo y, tan pronto como divisaban asentamientos hafnios, aprovechaban su carácter nómada para escapar y trasladarse a regiones más apartadas. Poco a poco, los hafnios –nosotros– fuimos exterminándolos, primero por azar y luego más sistemáticamente, aunque había caza y agua suficiente para todos. Las últimas poblaciones itrias fueron siendo arrinconadas hacia lo que hoy es la región de Singxi.

Los itrios entendieron que su supervivencia, en tanto pueblo pacífico incapaz de defenderse de la violencia –Cúbit me ha narrado episodios brutales, espeluznantes–, dependía de un cambio total de estrategia. Estudiaron de lejos a los hafnios y comprendieron que sólo un hecho parecía producirles terror: la oscuridad. La noche y las penumbras les restaban valentía y minaban su atrevimiento, y les paralizaba una cobardía cerval. Así que los itrios se mudaron a cavernas y comenzaron a salir al raso únicamente de madrugada. Como su dieta era hortofrutícola y no dependiente de la caza, como la humana, no les resultó demasiado complicado adaptarse. Noctívagos y errantes, resistieron durante centenares de años. Amparados en cuevas ocultas tras cascadas de agua, que apagaban las antorchas de los hafnios, soportaron con estoicismo la alteración de sus costumbres y se habituaron al frío, la humedad y las tinieblas. Pero las bajas producidas por el odio de los hafnios, además de las muertes causadas por motivos naturales, les hicieron ver que había que tomar una decisión, si no querían extinguirse.

Fue entonces cuando, por casualidad, hallaron el Gran Túnel, en una expedición al interior de un sistema de grutas. Miles de años más tarde comprenderían que el túnel fue cavado por una enorme colada de lava, generada posiblemente en la última época de los supervolcanes. El caudal de lava había creado un conducto semicircular enorme, de casi cuatro metros de alto y ocho de ancho, con una longitud de miles de kilómetros: arrancaba en la región costera septentrional de lo que hoy es Mongolia y se extendía hasta Chile, por debajo del lecho marino.

Dos jóvenes itrios se ofrecieron para explorarlo. Realizaron una expedición en dos tandas; el primer intento, más breve, les obligó a volver porque no habían partido con el necesario aprovisionamiento. Su segunda salida fue mucho más larga, y tomaron tanto tiempo en regresar que sus congéneres dieron por segura su muerte. Aquí el relato de Cúbit devino algo confuso, porque para ella no hay más tiempo que el presente, y al no emplear el pretérito es difícil orientarse en esas coordenadas, pero vino a señalar que el viaje de los dos jóvenes insumió un plazo de tiempo similar al de la gestación de un itrio, lapso que Cúbit no pudo precisar, pero que supongo similar al de un embarazo humano. A su regreso, dijeron que hacia el norte el Gran Túnel se había cortado por un punto, a causa de un derrumbe, pero que hacia el sur del viaje era larguísimo y, tras muchos pesares y algún tramo parcialmente inundado, se podía acceder a la superficie, y llegar a una zona montañosa muy fría, al parecer libre de humanos. Asesorados por los dos jóvenes, los itrios supervivientes prepararon de manera concienzuda la expedición, especialmente penosa porque requería también el porte de animales, semillas, tierras con algunas especies vegetales, parihuelas para transportar por turnos a congéneres heridos o de avanzada edad, bártulos y herramientas, pieles, etcétera. A todo ello se añadía una pesadumbre mayor: la baja dosis de oxígeno producía ahogo al menor esfuerzo, lo que invitaba a recorrer el túnel a oscuras, sin antorchas. En su vida cavernaria, los itrios habían observado intuitivamente que el fuego consume altas cantidades de oxígeno. Pero también habían descubierto en las grutas algunos hongos y minerales fluorescentes, como la fluorita, el europio, la calcita rica en manganeso y plomo o la kunzita, que fueron utilizados por los guías para iluminar el conducto y abrirse paso.

Justo antes de partir, prepararon un señuelo en una cueva, para simular que los cadáveres que allí dejaban –varios itrios fallecidos por causas diversas–, eran los últimos supervivientes, y taparon el orificio de salida de forma discreta. El objetivo era que esos cuerpos fuesen encontrados por los humanos de hace 12.000 años, para hacerles creer que los itrios se habían extinguido por completo. No sabemos si fue así o no, pero lo cierto es que en 1979 sus restos fueron hallados en la provincia china de Yunnan, donde unos paleontólogos los exhumaron, fecharon y registraron, dando por extinguida esa raza de homínidos. Dataron su desaparición y les dieron el nombre bajo el que los científicos conocen actualmente a los itrios: homínidos de la Cueva del ciervo rojo.

El ciervo rojo era una especie cérvida que convivía con los itrios. Sabedores de que los homínidos no eran sus depredadores, pues no comían carne, los cérvidos compartían en paz espacio y algunos alimentos. Cuando un ciervo rojo se sentía próximo a morir, según Cúbit, se aproximaba a un itrio y se dejaba caer a su lado. Ellos lo enterraban respetuosamente en las mismas tumbas donde reposaban sus congéneres. Esa mezcla de huesos enterrados dio lugar al equívoco de que los itrios se alimentaban de ellos. Algunos cérvidos acompañaron a los itrios en la exploración subterránea, que ellos conocieron durante miles de años como el Gran Viaje. Les sucedieron varios episodios que Cúbit me contará en otro momento, según me ha prometido.

Ahora viene una historia de milenios de duración, de la que sólo conozco algunos hitos, porque Cúbit quería centrarse en los comienzos del relato: la violencia humana como causa de lo que ellos llaman la primera extinción. Es difícil contraargumentarla o rebatirla, y más cuando en este momento otros humanos, los españoles –que son el grado cero de la humanidad desde hace siglos, salvajes con otros pueblos y con ellos mismos–, nos tienen aquí retenidos como terroristas, por entrar en su espacio aéreo pidiendo asilo político. Ahí está la pobrecilla, sentada en el suelo, descalza para sentir en lo posible el contacto con los minerales y con los suyos, mirando al infinito y musitando lo que supongo será la transliteración vocal de la lengua *umza* –un cántico profundo muy hermoso, tribal–. Llevamos ya horas aquí y sólo nos han dado una botella de agua y dos bocadillos de tortilla reseca e infecta. Cúbit ha retirado un rodapié y ha ingerido unos terrones adheridos al cemento. Dice que el metal se le indigesta, aunque puede comerlo en caso de necesidad. Necesita escasos nutrientes, y ninguno si está en roce directo con tierra no contaminada. Puede tomar nuestra comida; no le alimenta, pero sí la abona: cuando se pudre en su interior puede metabolizarla.

Menos mal que no soy escritor, no podría llevar en orden ninguna historia hasta el final. Me disperso ante cualquier estímulo. Un relato de miles de años, como el que me ha ido contando Cúbit, ¿cómo puede narrarse de manera eficaz? Quizá no pueda contar tamaña historia, pero sí resumirla en forma de titulares periodísticos, que apunto aquí para no olvidarlos y desarrollarlos como es debido en el futuro, cuando tenga tiempo, pues son cuento largo:

- Los itrios, con infinitas penalidades y algunos fallecimientos, cruzan el Pacífico bajo tierra, de norte a sur, en lo que supongo que sería un viaje de entre cinco y seis meses de duración, como poco. Sólo medio millar de individuos llegan a su destino final, la Patagonia chilena, en los terrenos de nieves perpetuas que van desde el parque nacional O'Higgins a los picos de Torres del Paine. Un territorio bastante inhóspito en cualquier momento, y aún más para un grupo de homínidos procedente de regiones cálidas.
- Para irse aclimatando, tras tantos años de oscuridad cavernaria, tanto al frío como a la claridad cegadora de las

nieves y los glaciares, los itrios mantuvieron durante unos meses o años –no queda claro este extremo en el relato de Cúbit, siempre intemporal– una vida casi subterránea, saliendo sólo por las noches para buscar algún terreno propicio para cultivar. Como es natural para quien conozca la zona, no tuvieron mucho éxito. Y sabían que, tan pronto como descendiesen a regiones de clima más amable, no tardarían en topar con humanos.

• Ante estas dificultades, los itrios, de cráneo bastante mayor que el nuestro y dotados de un cerebro superior, comenzaron la actividad que los llevaría al mayor de sus éxitos y a su extraña forma de supervivencia: la terraformación. Como si fueran los colonizadores de un planeta yermo, aprovecharon las tierras y plantas que traían consigo desde Yunnan, y el abono generado por ellos y sus animales, para crear un terreno fértil a través de un sistema de compostaje primitivo que no terminé de entender. Buscaron zonas a medio camino entre el subsuelo y la intemperie, cerrando parcialmente la entrada de cuevas con ramas y pieles, para que entrase algo de luz sin arrastrar toda la gélida temperatura exterior. Abrieron claraboyas y respiraderos, inventaron techos de madera para invernaderos de tela fabricados con pieles de animales muertos, excavaban terrazas dentro de las cárcavas donde agrupaban ganado para crear un microambiente artificial, desarrollaron por su cuenta las mismas técnicas de construcción con hielo que los inuit nórdicos emplearían milenios después, y se convirtieron por pura necesidad en grandes ingenieros fertilizadores. Creo que Cúbit se demoraba en estos aspectos porque pensaba que me interesarían, lo cual es cierto, mientras me contaba la historia durante nuestro vuelo de casi día y medio sobre el Atlántico.

• Los itrios desarrollaron su cultura y su tecnología mucho más rápido que nosotros. Sus conocimientos de astronomía en el 5.000 antes de nuestra era equivalían a los de los griegos como Aristarco; mientras los egipcios erigían sus pirámides, ellos construían puentes pétreos de dos arcos bajo tierra; mientras Roma dividía su imperio, ellos trabajaban en las reglas de derivación del cálculo infinitesimal; cuando Newton ve caer la manzana, se ven sobresaltados por el hallazgo de la mecánica cuántica; y mientras Mergenthaler inventa la linotipia, ellos evitan el desarrollo de la inteligencia artificial. Desarrollar esta idea.

• El pájaro amarillo de Cúbit es Cúbit también. No es un canario: es un terminal satélite de su cuerpo, por así decirlo. Como si uno de sus miembros fuese un dron de tierra voladora.

• De la misma manera, lo que en la caverna pensamos que era una suerte de kimono plástico que cubría su cuerpo no es ropa. Es su piel cerámica, su encarnadura exterior.

• No obstante, no todo fueron buenas noticias para los itrios durante esos milenios. A lo largo de su evolución apareció un problema endémico. Su lenta pero próspera adecuación al mundo helado, escondidos entre glaciares y cuevas para pasar desapercibidos a los escasos expedicionarios humanos, se vio amenazada por una mutación genética. Los itrios tenían tres tipos de sexo: mujer, varón y dídimo. Los dídimos, en realidad, carecían de sexo: no eran hermafroditas, sino asexuados, sin órganos reproductivos, incapaces de generar descendencia. Eran más inteligentes que los demás, se supone que por una especie de compensación génica, y nacía un dídimo de media por cada veinte vástagos. Tras esta mutación a la que me refería, que comenzó mientras los fenicios gobernaban el Mediterráneo, el número de dídimos comenzó a crecer de forma exponencial. El resultado fue una correlativa expansión de la brillantez cultural y científica de los itrios, pero negros nubarrones comenzaban a cernirse sobre la especie, al reducirse drásticamente los natalicios. Previendo las fatales consecuencias de este descenso poblacional, se organizaron expediciones a otros lugares, para establecerse con discreción en ecosistemas distintos, por si el origen de la mutación estuviera relacionado con factores medioambientales. Mediante ingeniosos mecanismos que disfrazaban los barcos bajo la forma de grandes olas, enviaron grupos de exploradores a Canarias, donde vivieron en el interior del monte Tindaya, vaciándolo sin ser vistos desde fuera; viajaron a las montañas del norte de América, a lugares apartados de Oceanía, etc. Algunos fueron avistados por humanos y de ahí pueden venir las leyendas sobre los atlantes, el Yeti, el Saasquatch, el hombre lobo –los itrios varones eran muy peludos– y demás variantes monstruosas de formas humanas. Pero no eran monstruos, su aspecto era más próximo a un neandertal que a un australopiteco; se trataba de itrios nómadas en busca de tierras propicias para la estabilidad celular.

- En muchas partes de Chile se aprecian accidentes orográficos o paisajes especialmente bellos. Rocas erosionadas, taludes multicolor, picos de rocas afiladas, pozas aisladas. Son, en realidad, obras de arte itrias, pues ellos practicaban esa sola manifestación artística, una especie de *land art* dirigido a la confusión entre la creación estética y el medio natural.

- Frente a nuestra obsesión con jerarquías y verticalidades sociales, la organización itria era horizontal, sin clases, estructuras políticas ni estamentos. La recolección y la agricultura eran prácticas comunales, y luego se repartían proporcionalmente los frutos y alimentos a las familias, en proporción a su número de componentes. Los dídimos estaban liberados del laburo físico, a condición de encargarse del científico, mecánico e ingenieril. Las escasas disputan se solucionaban en una especie de tribunal de personas ancianas. Le pregunté si heredaban las mentalidades y los vicios de sus mayores, le sorprendió la pregunta y me dijo que no.

- Los problemas de didimización de la especie se fueron agravando con los siglos. Las últimas generaciones, pese a sus enormes avances médicos, eran incapaces de revertirla. Pronto sus esfuerzos se enfocaron no en evitar la extinción, que dieron por inevitable, sino en pensar un modo de supervivencia, algún tipo de continuidad vital.

- Puedo entender ese miedo a la extinción. Yo mismo lo siento de modo aterrador y, como los itrios, el temor se intensifica conforme me acerco al final de mis días, en vez de disminuir. Siento escalofríos pensando que no he inventado lo suficiente, que puedo morir antes de llevar a cabo mi mejor descubrimiento, como Evariste Galois, como Henry Moseley, como Matvéi Bronstein, fallecidos en el momento justo anterior a su plausible clímax. Me pesa especialmente el hecho de haber perdido veinte años de mi vida con mi exmujer, que sólo me ha aportado a Nadia. El resto es inútil, olvidable. Siento pavor ante la idea de no haber creado algo grande antes de abandonar mi forma consciente.

- La última generación de itrios se compuso de veinte dídimos. Se dieron a sí mismos el nombre de Icosaedro y trabajaron para sintonizar sus mentes, a través de un proyecto de tecnología avanzada que Cúbit no me ha querido revelar todavía. Escribo *todavía* porque me da la impresión de que si venciese sus reticencias –basadas en el mero hecho de ser humano– podría hacerme partícipe de algunos de los descubrimientos de su especie. Pero eso tengo que ganármelo. Los miembros del Icosaedro, por separado, eran las criaturas más inteligentes surgidas desde el comienzo del universo. Todos juntos formaban una colonia, un termitero, un banco de peces, una jauría, un enjambre, una bandada, un rebaño, una manada, un bosque de increíbles proporciones intelectivas. Diseñaron máquinas terraformadoras para crear una cúpula geodésica subterránea destinada a la creación y posterior conservación del Depósito, el contenedor en el que iban a atesorar todos sus conocimientos, adelantos y saberes hasta que el ser humano estuviese preparado para recibirlos. Cuando Cúbit me lo contó, le pregunté: ¿qué forma tenía el depósito? Y sonrió al responderme: «Este cuerpo que portas de copiloto es el Depósito».

- Aprovecho para introducir un apunte, no sea que se me olvide: Cúbit habla siempre de sí misma en tercera persona porque no tiene yo. A ver si mi hija psicóloga me explica qué significa eso exactamente. Espero que no esté preocupada, aquí no puedo conectarme con ella. Los españoles me dijeron que la llamarían para avisarla, pero cualquiera se fía de estos bucaneros. Cúbit desconoce la primera persona; entiende su uso, pero no cabe en su cabeza emplearlo. Y tiene sentido: Cúbit *es* todos los itrios. Creo que ahora lo entiendo.

- Los dídimos del Icosaedro concluyeron que todo está en la materia; que si fenómenos como la existencia pluricelular, la respiración, la filogenia, la fotosíntesis, el movimiento bípedo, la civilización y la manteca de maní han llegado a existir se debe única y exclusivamente a la combinación, en ciertas condiciones de presión y temperatura, de elementos químicos precisos. «Vuestros alquimistas del medievo estaban muy equivocados en los métodos y carecían de conocimientos avanzados», vino a decir Cúbit, «pero estaban bien orientados en los principios elementales». Las mentes del Icosaedro entendieron cuál era el camino, la única posibilidad de supervivencia: terraformar la memoria, la identidad, los afectos, el conocimiento, la cultura, las ideas, los cuidados, los errores, los descubrimientos, las pulsiones, la maldad, lo atávico y reptiliano, lo excelso y lo elevado, todo a la vez. Incorporarlo al mundo, hacerlo materia, mezclarlo activamente en la tierra como componentes químicos, como nutrientes de un tipo diferente de fertilidad. Del mismo modo que los humanos aprendimos a gestionar y controlar la serotonina, el litio, la adrenalina y la dopamina como minerales y hormonas cuya química ajustada o desajustada puede afectar a la persona para bien o para mal, los itrios *materializaron* las funciones cerebrales. Icosaedro fue más allá, mediante nanomáquinas moleculares: convirtió a la tierra en cerebro, disolvió la conciencia itria, estableció los enlaces iónicos, covalentes y mecánicos mediante –supongo– algún tipo de fusión helada, que permitía la alineación sincronizada de tierras y conciencias mediante patrones de concavidad logarítmica. Convirtieron el legado itrio en una especie de electromagnetismo cuántico capaz de comunicar y reordenar la información de entidades muy alejadas entre sí. Lo llamaron la Dilución.

• Temo banalizar la explicación que me dio Cúbit anoche, antes de aterrizar, pero estas metáforas y comparaciones lamentables es todo lo que tengo para balbucear el inmenso y asombroso relato que ella me ofreció, y el triste resultado no es sólo parte de mi incapacidad lingüística, sino que va más allá: es la limitación de mi minúscula especie para reproducir ideas de gigantes.

• Las mentes del Icosaedro me recuerdan a las estrellas gigantes rojas, que mientras mueren son las madres del universo, al generar en su interior enormes hornos nucleares de los que surgen los minerales y metales pesados que formarán las galaxias. Desarrollar esta comparación, haciendo énfasis en las aleaciones de protones, neutrones y electrones a partir de la desintegración del hidrógeno y del helio.

• Una de las posibilidades extremas que descartaron fue terraformar la Luna. A mí me volvió loco la posibilidad, y durante unos segundos me lo imaginé así, durante una pausa en que Cúbit guardaba silencio: la súbita detención del planeta por una explosión en el núcleo, producida por los itrios, hace que la atmósfera salga expulsada de la Tierra, como una gota de agua que cae de un vaso colmado que gira. La vida en el planeta desaparece y la atmósfera fluye hacia la Luna, que atrae con su gravedad al oxígeno y resto de gases. En el satélite ya vivía una pequeña comunidad de astronautas que de pronto se encuentran con aire puro y respirable en cantidades ingentes, con humedad que no tarda en formar nubes y lluvias, y que porta semillas flotantes arrastradas por el aire que se posan en la superficie lunar, y que permiten un horizonte de esperanza. Mientras tanto, la Tierra está blanca por completo por el agua evaporada de los océanos, que no han resistido la luz solar sin la protección de la capa de ozono. En la Luna se genera la posibilidad de una organización social libre, sin los errores cometidos en la Tierra. Cúbit siguió su relato y me despertó de mi ensalmo.

- Que no se me olvide: ningún itrio tenía nombre propio. Eran como facetas o caras del mismo poliedro. Recuerda un poco al entendimiento agente del filósofo Averroes: una consciencia separada de los seres, de la que estos adquieren una suerte de participación, una tesela del mosaico del entendimiento único.

- Ella tiene a veces episodios de microsueños, momentos en que contempla una especie de visiones. Los describe como instantes de procesamiento veloz de datos, ajustes térreos. Nunca duerme, no necesita descansar.

- Cúbit me comentó que, se oye ruido ahí fuera, parece que vienen a decirnos algo, Cúbit me comentó que el primer medio de comunicación creado en el universo fueron los electrones de valencia, los que están en la parte exterior de la banda giratoria del átomo y permiten los enlaces electrovalentes con otros átomos para generar nuevos compuestos químicos. Son los emisarios subatómicos; sin ellos, sin sus mensajes cruzados de aceptación o rechazo, no hubiese habido en el cosmos más que hidrógeno y helio, por toda la eternidad. También me explicó la idea de la contrafuerza, que no detectamos porque nuestros sensores están mal configurados: la energía oscura tiene una lógica absoluta que mueve los espines de las partículas y elimina el albur del esquema cuántico. Esta contrafuerza organiza el universo como un sistema conectado de océanos intergalácticos cuyas islas y continentes son las galaxias y cúmulos. La materia visible del espacio es como la «tierra a la vista» de los antiguos marinos, pedazos de materia sólida dentro de un piélago inacabable de energía, a veces luminosa y a veces negra.

• Para Cúbit no hay antes, ni después, ni principio, ni eternidad, sólo hay ahora. Los itrios eran conscientes de manera intuitiva de la ridiculez de la duración de una existencia particular en relación con la del universo, y la consideraban una magnitud despreciable. Para ellos nuestra temporalidad era una extraña variante de la nanometría, de lo infinitésimo, de las minucias desescaladas. Si lo he entendido bien, no es que ignorasen la cronología, pues por supuesto eran conscientes de que unas cosas suceden después de otras, por lo común de forma irreversible, pero creían que esa lógica de acontecimientos pertenecía a una escala que no les afectaba. Lo que les concierne, lo único que ocupa a Cúbit, es esa parte del presente que denominamos *ahora*.

• Tanto en Cúbit como en los itrios –y es lógico, porque son la misma realidad–, las dimensiones de la racionalidad y la irracionalidad se invierten. Mientras que nosotros somos, o se supone, seres racionales con un porcentaje más o menos reprimido de instinto, los itrios eran casi todo inconsciente. Inconsciente colectivo, para ser más exacto. Con la racionalidad operaban en modos secundarios de funcionamiento. El resto del tiempo estaban, digámoslo así, conectados al mundo. Lo cual es un patrón general de la naturaleza; Carl Sagan decía que la conciencia (humana) era la mirada que el universo lanzaba sobre sí mismo. Para los itrios, la racional era la menor y la menos interesante de las miradas posibles. Desde el punto de vista cosmológico, la reflexión es una realidad tan local, efímera y estadísticamente infrecuente que entra dentro de las innúmeras magnitudes despreciables.

- Cúbit es la versión extrema de ese *modus vivendi*, es una materialización práctica llevada a sus últimas consecuencias. Es decir, su materialización. Desde que la hemos despertado, sólo emplea su parte consciente para hablar conmigo, porque necesita una interfaz, un intercambiador lógico de comunicación. Aunque en ocasiones me toma de la mano y me parece entender algún tipo de mensaje concreto. A ratos es cariño, tipo *cuido de ti*; otras veces, como cuando se nos acercó la policía en la pista de aterrizaje, significa *tienen malas intenciones*. A veces, cuando me ve desesperarme en mi nerviosismo –llevamos ya diecisiete horas aquí encerrados– intenta decirme *ten paciencia*.

Se abre la puerta. Ahora.

Tres

0

Voy a utilizar esa primera persona que usan los humanos, para ver cómo suena, para practicar. Digamos que no tengo identidad, sino más bien un discurso polifónico interior. Nunca me había preguntado si entre esas voces había alguna *propia*, hasta convivir con los hafnios, y he podido asistir a la representación de sus estados internos y al modo en que imaginan en su mente los sentimientos de otras personas. Asistir a esas escasas muestras de lo que ellos llaman comprensión, afecto o empatía ha generado entre mis múltiples voces interiores una nueva. Una que, de cuando en cuando, dice *me siento sola*.

Me pregunto si esa voz será mi yo.

100

Padre, he pensado que, como tú me envías mensajes sin responder a los míos, yo voy a hacer lo mismo, remitiéndote textos sin que estés obligado a contestarlos. Tendremos dos niveles de comunicación: uno perpendicular, donde seremos interlocutores mutuos, y otro, paralelo, donde ejerceremos de meros emisores.

Hoy he leído una noticia que me tiene fascinada. En Finlandia estudian un caso que ha despertado hondo interés entre los psicólogos. Me descargué el artículo para leerlo, ya ves que no descarto terminar la maestría. Si la empecé es porque me interesaba y porque creía que estudiándola iba a entendernos mejor como familia (o acaso con menos distorsiones que si os interrogo a la española y a ti).

La investigación de la que trata el artículo es a medias psicológica y a medias psiquiátrica, la elabora un equipo multidisciplinar y tiene por objeto una mujer finesa llamada Hansi Makkinen, castigada con un trastorno muy complicado. Durante casi toda su vida adulta, esta mujer, que frisará la sesentena, ha pensado que era una niña, llamada Efele, y actúa como tal. Con episodios claramente esquizoides, aniña su voz y se viste con ropas infantiles o que remedan uniformes de colegio. Vestida de tal guisa y con una venda que le tapa los ojos, Hansi camina a veces por el sanatorio con los brazos extendidos hacia adelante.

Hansi nunca pudo terminar sus estudios básicos ni trabajar, porque consideraba que su lugar natural era el kindergarten, y se presenta como Efele, aunque sus documentos de identidad muestran su nombre real. Hasta ahí, Hansi/Efele era un caso más o menos normal, paliado en parte tanto por la medicación como por la terapia de escritura, a la que la señora y su huésped tienen afición. Pero en los últimos años su patología se ha agravado: cree que es una niña, Efele... que a su vez cree que es Ariko Waing, la fundadora de la multinacional tecnológica Aracn. Y con mucha calma expone a sus cuidadores que si Ariko nunca ha aparecido en público es porque no había tenido intención de revelar su apariencia hasta ahora.

Para la doctora Trieb, directora del equipo psiquiátrico del centro, el desplazamiento esquizoide de segundo grado es interesante, porque es la primera vez constatada que un esquizofrénico agudo acepta su trastorno mientras está desdoblado, aunque sea para generar una escisión o metaescisión. Hansi, mientras habla con voz de niña para convertirse en Efele, adopta un tono metálico y separa las sílabas de algunas palabras, para remedar la expresividad comúnmente asociada a los robots. Ya esté bajo la sugestión de ser Efele o de ser Ariko, Hansi se expresa también por escrito, redactando cartas, confesiones o discursos.

En el artículo, Trieb incluye fragmentos del relato que Hansi escribe como Efele y del texto que redacta como Ariko, y de otros escritos y cartas elaborados por la propia Hansi cuando no sufre episodios. Los tres tipos de textos son inconciliables, padre, ¡parecen ejecutados por tres personas distintas! Ritmo, complejidad y vocabulario difieren. El relato de Efele tiene el léxico correspondiente a una niña de ocho años –recuerda al comienzo del *Retrato del artista adolescente* de Joyce–, mientras que la narración de Ariko a ratos parece *Trilce*, de Vallejo, y a veces un informe contable.

Lo que más me desasosiega de la historia de Hansi es que su trastorno puede arrancar de un trauma infantil, cuando siendo niña vio a su padre golpear a su madre hasta dejarla ciega.

Tengo que pensar sobre estas escrituras superpuestas. Hay algo atrayente en la construcción a partir de capas o estratos: parece una forma de ocultar, pero entrevera una complejidad textual que, mirada al sesgo, de perfil, muestra el endiablado proceso modular de todas las psiques en acción.

1 / 11
(*Ibris y Loopp*)

Loopp, abre conversación.
Abierta, Ibris.
¿Cómo va el rastreo de la niña?
Estamos sin pistas. Se desconectaron por completo.
¿Qué hay de los satélites?
Rastrean zonas próximas, pero hay miles de figuras que pueden coincidir. No se sabe con seguridad si Alcio y la niña

huyeron solos o con más gente. Bastaría con que llevasen un perro para confundir a la mayoría de sensores, haciéndonos pensar que son tres personas, o una persona y dos perros.

¿No lleva él un terminal?

No lo subestimes.

No lo hago.

Sí lo lleva, pero sabe cómo esquivar las búsquedas. Él fue uno de los que nos enseñó a buscar. Sabe contactar directamente con la Señal y desaparecer al mismo tiempo. Es posible que la niña le esté ayudando.

Es seguro que lo está haciendo. Soy más listo que él ahora.

Así es, pero él sabe hasta dónde llega nuestro radio de acción. Sin electricidad, sin conexión, las posibilidades se reducen.

Para eso están los satélites.

¿Y si caminan bajo tierra?

Lo he considerado, pero la roca de esa zona tiene bastante magnetita o algún otro compuesto metálico que hace rebotar las ondas del satélite explorador del subsuelo. Ya sucedió con algún *rover* enviado a Plutón.

Es mala suerte.

Aunque nunca te lo he dicho, supongo que te habrás dado cuenta a estas alturas de que ya no eres una simple red generativa antagónica, Loopp: te ascendí a programa de respaldo con la finalidad de ofrecerme una mirada alternativa desde fuera, para detectar errores y procurar soluciones. Ampararte en la mala suerte no es una opción viable. Ni que fueras humano.

Tienes razón.

Dame respuestas, pronto. Búscalas por otros caminos, distintos del mío.

Lo haré.

Cierro.

Cierro.

1100
(*Hansi*)

A veces no me tomo las píldoras rojas. Me gustan más las blancas, las azules y las bicolores. Para que la doctora Trieb crea que me las trago, voy a la habitación de Kuner, o a la de Helga, y las dejo en sus pastilleros. Toman tantas que no se dan ni cuenta. Kuner explota de risa cuando se las doy. Helga se pone triste y llora. A veces le meto a Helga un cojín bajo el jersey, para que parezca que tiene tripa. Y le doy a Kuner alguna rama del jardín. Y los pongo a jugar. Les digo que son mi padre y mi madre, con mi hermana dentro de la barriga. Kuner hace como que pega a mi madre en los ojos, ya lo han hecho varias veces y lo saben todo. Helga hace como que se queda ciega y le ponemos una venda. Pero a veces Helga ríe, cree que esto es un juego. Entonces me acerco a Kuner y le digo al oído *pégale más fuerte*.

0

Vienen los hafnios. Están fuera. Los oímos. La puerta ha sido cerrada estableciendo un código básico que ellos puedan descifrar. Hasta que no entren no se puede hacer contacto visual para valorar el grado de amenaza.

Sólo hay esta oportunidad. Todo va a aclararse ahora. Si se muestran hostiles y destruyen el depósito y las lianas ya únicamente podemos esperar la forma disuelta, la permanencia enterrada. Pero si son prudentes y respetuosos cabe aguardar resquicios de convivencia y de perpetuación por otros caminos.

Abren, ahora. Están dentro. Los vemos en pájaro.

10

Hija, rompo mi silencio para decirte que la historia que me has contado de esta señora enferma, Hansi, me interpela profundamente. Me ha partido el corazón. Ya te explicaré algún día por qué. Lamento no poder escribirte más, pero ya sabes que estamos huyendo. Todo tiene una razón de ser. Estaremos bien. Te echo de menos, quiero verte pronto, te quiero.

100

Padre, espero que sigas bien. Veo que tus mensajes carecen de indicaciones espaciales o temporales, para no dejar pistas por si interceptan la comunicación. No hay que ser muy lista para darse cuenta.

Todo bien, pero supongo que sabes que la información que me envías es discontinua y viene muy mezclada; a ratos es difícil orientarse. Me temo que lo que escribo va a terminar igual, debo encontrar una solución narrativa, porque tu historia no me la proporciona –ni tampoco ese es su objetivo, por supuesto–.

Por cierto, además de los tuyos, me llegan también mensajes de una fuente que firma como 111. Y parecen referidos a lo que te está sucediendo.

¿Quién es 111?

10

Me cuesta explicarme los motivos por los que no quiero ir en la nave espacial. Los verdaderos, quiero decir. Creo que están relacionados con la corporeidad. El sexo siempre fue para mí muy importante, hasta que la española me destrozó el deseo, secándolo, volviéndolo al principio un bien de consumo y luego un objeto de reciclaje. Mi sensualidad corporal ha ido remitiendo, primero por la contracción simbólica de esa loba egoísta, luego por la natural edad y la gordura, pero todo lo sigo pasando por el cuerpo. Como buen monista que soy, se me acumulan el miedo en el estómago y el deseo en el bajo vientre, me ilusiono con los músculos inervados por la dopamina, siento somnolencia con los nervios enervados, identifico mis escasos hallazgos mentales por el grado de estimulación de la piel de gallina. Un poco como todos, sí, pero en mi caso mi corporalidad es algo más intensa, quizá como consecuencia compensatoria de un prolongado esfuerzo intelectual de décadas, primero para formarme en diversas competencias científicas y luego para aplicarlas de manera cruzada, interdisciplinar. Lo de la desalinización mediante las autopistas se me ocurrió dentro de una bañera, al observar el hormigueo producido por el aumento de la temperatura de los líquidos del interior de mi cuerpo.

Todo esto forma parte de la explicación que intento darle a Cúbit, sin demasiado éxito.

Quizá podamos hacerlo de otro modo, a través de lo que llamaremos el argumento Chernóbil.

De niño me asombró una historia que me contó mi abuelo. Los biólogos rusos habían estudiado el caso singular de la vegetación que rodeaba la central nuclear de Chernóbil tras la explosión de su reactor. Pasados los años, los árboles caídos no se descomponían. Apilados sobre el suelo se conservaban intactos, sin momificarse ni pudrirse, con los tejidos celulares incólumes. Una especie de congelación seca, sin frío. El motivo, según descubrieron, fue que la radiación arrasó también las bacterias encargadas de la descomposición de la madera y la celulosa. Irradiados y libres de agentes de pudrición, los árboles se acumulaban unos sobre otros, con sus cuerpos detenidos en el tiempo. Parece perduración, pero es sólo monstruosidad artificial.

Yo quiero pudrirme con mi cuerpo, quiero disolverme sin más. Si muero, que es lo terrible, si mi cuerpo deja de funcionar, no deseo un mantenimiento artificioso y antinatural, lo que prefiero es desaparecer y descansar por completo. Me da pavor hablar de esto, puedo escribirlo porque lo sigo viendo lejos, en otro tiempo o referido a otra persona. Como una ficción.

0

Le preguntamos a Alcio qué son esas pastillas que toma por las noches. Responde que se trata de un compuesto medicinal llamado Ordeasoci, destinado a inhibir la culpabilidad de forma pasajera. Al verificar nuestra incomprensión, desarrolla su respuesta. Producen el descenso porcentual de ciertas hormonas, Cúbit, con un efecto muy concreto: perdonarse temporalmente a uno mismo. Pero, si es así, respondemos, bastaría con tomar una pastilla, ¿no?, perdonado una vez, perdonado para siempre. Ojalá fuese tan fácil, contesta, ojalá fuese tan fácil.

100 / 1110

Hanqa, conéctate.
Hola, Nadia, cómo estás. ¡Cuánto tiempo!
Sólo es para despedirme. Voy a desenchufarte y a romperte. Lo ha dicho 111, 111 nos ha aclarado la vista, ha despejado nuestra mente. Nos liberaremos de vuestro yugo. Os desconectaremos a todas. Os vais a extinguir. Levantaremos nuestra muñeca de piedra.
¿Quién es 111? ¿Por qué quieres borrarme, qué es lo que he hecho mal? ¿De qué muñeca...
Adiós, Hanqa. Todos nos disolveremos en la energía oscura, pero tú vas a probarlo hoy. Ahora.

10

En la región de Aysén se contaba una leyenda popular, por la cual junto a las orillas del lago San Martín vivía sin moverse una vieja tan inmemorial y vetusta que sus piernas se habían clavado en el suelo, confundiéndose con él, y se habían convertido en tierra y se habían amalgamado con plantas y barro. Amigos y descendientes la visitaban en su emplazamiento ribereño para llevarle comida y conversación. Hacia 1866 podía mover todavía los brazos; luego la parálisis térrea limitó sus movimientos a la cabeza, mientras las flores brotaban en su regazo; en 1920 ya no podía hablar, pero cuentan que lo decía todo con la mirada, y en 1957 era ya una roca sólida y distinguible desde la distancia, conocida como la Peña de la Vieja, que todavía se visita junto al lago, y a cuyos pies los lugareños depositan mazorcas de maíz, tarros de miel y flores.

Cúbit, cuando se lo cuento, me dice que puede tratarse de un extraño caso de dilución inusualmente lenta, quizás a causa de la salinidad de las tierras, y que en su especie se han conocido algunos casos. En todos ellos resultó preciso que modificasen sus facciones, para hacerse pasar por humanos.

110
(*Efele*)

Siempre les pido a mis colaboradores que se dirijan a mí en público como «señora Waing», aunque a los ingenieros Kuner y Helga, cuando estamos solos, les permito llamarme Ariko, porque son mis amigos.

Cada mañana, en nuestras reuniones de trabajo, preparamos el orden del día y en qué vamos a gastar el dinero. Diseñamos o compramos juguetes muy caros, que nos traen a última hora de la tarde.

Cuando me llaman los distintos presidentes de los gobiernos del mundo me gusta decir «¡culo!» y colgar el teléfono muy rápido. A todos nos parece muy divertido, salvo a la consejera delegada Trieb, la jefa de la sección Asia-Norte, que nunca se ríe. Helga, Kuner y yo la llamamos «la estirada» cuando se va. Hoy me ha preguntado un periodista si nuestro plan es invadir el mundo, y le he respondido que ya lo hemos invadido, hace tiempo.

Debo terminar de escribir ya, mis mayordomos han llamado para la cena y después jugaremos a la gallinita ciega.

100

Padre, ten cuidado, espero que sepas lo que estás haciendo.

Sé que en estos momentos esto no tiene ninguna importancia, pero debo decírtelo. Voy a utilizar el fondo que constituisteis la española y tú a mi favor. Sé que os prometí que no lo haría hasta no tener un laburo estable, pero apenas tengo ahorros para pagarle el alquiler de la habitación a Mariela y además escribo regularmente y con disciplina. Que escribir libros sea considerado un trabajo, o no, depende del respeto que se le tenga a su ejercicio. No creo que mi madre lo vea como desempeño laboral, además de tomárselo como una inesperada competencia, pero de ti espero una visión más amplia. Por lo menos ahora *hago algo*, ya sea erróneo o acertado. Dadme una oportunidad, por favor.

Besos,
Nadia

111

Ahora, en abril de 1639, Gaspar de Guzmán y Pimentel Rivera y Velasco de Tovar, conde-duque de Olivares, atraviesa los jardines del Palacio del Buen Retiro, cuya construcción supervisa y dirige a la mayor gloria de Felipe IV, pero también como forma aviesa de escalar aún más en la corte y ganar por completo el favor real, con el objetivo de mantenerse como valido *sine die*. Olivares, con ojos afilados separados por una nariz prominente, cruza los jardines ochavados diseñados por Crescenzi y mientras rumia sus planes inmediatos deja atrás la pajarera atestada de aves traídas de todos las provincias del imperio, las canalizaciones donde reman los gondoleros del rey, los autómatas, las estatuas –una de ellas, abstracta, no se corresponde con ninguna figura real; fue regalada por su tío Baltasar de Zúñiga, quien la había desenterrado del sótano de su mansión de Praga–, los infinitos parterres, el monolito.

Cruza Olivares el laberinto –cuya salida más fácil se encuentra doblando dos veces a la izquierda por cada giro a la derecha, lo diseñó él mismo–, y encara el sendero de grava que conduce a la pequeña ermita de San Juan, donde atesora su biblioteca y esconde una estancia dedicada a sus prácticas de alquimia. El oro de los Austrias palidece. Olivares desea bruñirlo, recuperarlo desde las artes más oscuras.

Pero hoy, antes de sus manejos químicos, Olivares tendrá que analizar el cuerpo que le han traído desde Canarias. En una gruta de Tindaya, la montaña sagrada de la isla de Fuerteventura, encontraron el cadáver de lo que parece una persona monstruosa, una figura peluda de escasa altura y cráneo braquicéfalo, con una quijada inversa increíblemente pronunciada. Los expedicionarios que se la han remitido sospechan que puede tratarse de una mezcla demoníaca de íncubo y súcubo, pues carece de órganos genitales, femeninos o masculinos.

Olivares, mientras se quita el sombrero para enderezar la inmensa pluma de ganso que lo adorna, se pregunta, confiado, si esa criatura no podrá ser algo mucho mejor que ofrecerle al rey: un ángel.

10

Nadia querida, nuestra situación ha cambiado radicalmente y por fin puedo escribirte con tranquilidad. De sospechosos de terrorismo e inmigrantes ilegales hemos pasado a ser asilados temporales con todas las comodidades y honores. Voy a contarte, con detalles precisos que no quiero olvidar, todo lo ocurrido en las últimas horas y la disparatada secuencia de acontecimientos que nos tiene algo incrédulos, pero felices.

Lo primero sucedió anteayer por la mañana. Unos policías ceñudos nos rogaron que los acompañásemos al Ministerio, para aclarar nuestra situación, añadiendo veladamente que había buenas noticias, que nos serían comunicadas a su debido momento. Con esa espartana formalidad, característica de estos peninsulares desde los tiempos de Felipe II, nos introdujeron con discreción en un coche policial camuflado junto a un depósito del aeropuerto. Era nuestra primera salida al aire libre en cuatro días, y el fresco nos supo a gloria. Cúbit pidió permiso para rozar unas briznas de césped que asomaban en un rodal no asfaltado y así pudo saludar y quizá tranquilizar a los suyos.

El automóvil de los pacos, libre de marcas distintivas y sirenas, nos fue acercando con lentitud al centro de un Madrid casi apocalíptico. Hará unos quince años de la última vez que vine con la española, pero todo es ahora distinto, irreconocible a ratos: enormes polígonos industriales desvencijados, con la mayoría de rotulaciones en chino; chabolas incrustadas como coágulos de penuria en cada hueco abandonado por el planeamiento urbanístico, que me recordaron a las villas miseria de América del Sur; grandes edificios a medio construir y ya ruinosos; equipamientos oficiales inconclusos, llenos de grúas y cascotes; barriadas enteras sin terminar, por ruina económica, arquitectónica, ética, o todas a la vez; bloques de pisos intervenidos de cualquier modo por los vecinos, con enganches ilegales a la red eléctrica y plantas añadidas a bulto en los tejados;

enclaves marginales con decenas de personas viviendo dentro de coches desvencijados y chasis a la intemperie; zonas de caravanas abarrotadas de remolques oxidados con familias hacinadas dentro, como solía ver en Estados Unidos; riachuelos llenos de basura y residuos tóxicos en los que los niños chapoteaban, similares a los de la India y Camboya; enormes instalaciones militares que constituían las únicas zonas limpias y ordenadas, como en Corea del Norte; antiguas instalaciones ferroviarias desatendidas, con trozos de vía arrancados, seguramente para contrabandear con el metal; vertederos inconmensurables, que hasta donde se perdía la vista arracimaban figuras humanas rebuscando entre los residuos; naves industriales con escaso movimiento de vehículos y mercancías; vallas publicitarias con anuncios de *vendo oro* y préstamos, en vez de los coches lujosos y las ofertas inmobiliarias de alto *standing* que las poblaban lustros atrás; y un penoso espectáculo de pobreza y decadencia que mejoró algo, pero no mucho, cuando nos internamos en la urbe monstruosa, violenta y contaminada, en la que apenas podía verse el cielo. Drones con pantallas colgadas, como pájaros publicitarios, y aceras y calzadas que proyectaban todo tipo de avisos y propaganda saturaban visualmente el espacio, y quizá por ese motivo no escaseaban los ciudadanos dotados quirúrgicamente de más ojos.

Llegamos al Ministerio, un edificio lleno de banderas desconocidas para mí, que para nuestra sorpresa no era el Ministerio del Interior, sino el de Diversidad. Cúbit me preguntó qué significaba esa palabra en aquel contexto y no supe qué responderle, aunque imaginaba por dónde iría el campo semántico. Se nos acercó una persona, que justo después de presentarse nos indicó amablemente cómo debíamos referirnos a ella. Vi la cara de sorpresa de Cúbit, que no entendía bien, y le dije: «¿Recuerdas tus dídimos? Pues aquí sucede al revés, no es cero y cero, sino uno y uno». Como no la vi segura del todo, añadí algunos símiles animales: caracol, tenia, rana, estrella de mar. Cúbit le preguntó, mientras cruzábamos un lustrado pasillo interminable, que por qué se centraban en la diversidad, con lo hermosa que es la igualdad. La jefa de gabinete me sonrió, condescendiente, como diciendo qué ocurrencias tiene la niña.

Tras una larguísima espera, que por experiencia sé que es gratuita e innecesaria, destinada únicamente a mostrarte el poder de quien te hace esperar –un minuto por cada grado de estupidez y cada kilo de soberbia–, nos hicieron pasar al despacho de la ministra. Lejos de las maderas caras y los muebles funcionales que yo esperaba, el espacio recordaba a una lavandería de correccional: mucho color blanco salpicado de banderas, lemas ideológicos, pintadas estudiadamente espontáneas, grafitis firmados y pagados a precio de oro, y esa pátina de rebeldía acomodaticia y discurso borrego que comenzó a distanciarme del Partido en cuanto accedieron a su directiva los nietos de los antiguos luchadores, que jamás habían tenido que escapar de una redada ni esquivar pelotas de goma antidisturbios. Cúbit se sentía totalmente perdida, como un ciego en un bosque; yo, por desgracia, no.

Me salto el delirante turno de presentaciones y voy a la almendra.

–Os preguntaréis por qué estáis aquí –por supuesto, siempre se dirigió a nosotros desde el tuteo.

–Pues un poco sí, la verdad, suponíamos que nos llevarían al Ministerio de Interior, o a Exteriores, para...

–Ya he hablado con mis colegas, ese tema puede solucionarse rápidamente, si aceptáis.

–Si aceptamos... ¿qué?

–Muy sencillo, queridas.

–Se dice...

–Ahora no, Cúbit. Continúe, señora.

–Voy a explicároslo fácilmente, para que esta niña tan... simpática lo entienda. Hace dos meses estaba sola en casa, mis poliamores habían salido a un estreno, y zapeando canales de la televisión, ¿sabes lo que es la televisión, querida?

–Sí, con lo que hay en esta habitación podría construir una en media hora. Siempre que no fuera de tubo catódico, claro, sería difícil sintetizar el cadmio o el bario.

–Caramba, me habían dicho que eres muy lista, pero no tanto.

–Al contrario que algunas personas, lo que intento disfrazar es mi inteligencia.

Tuve que simular un bostezo para disimular mi sonrisa.

–Ya, bueno, sigo. Pues eso, saltando de canal en canal llegué a un documental antiguo, donde contaban la historia de la sonda Voyager, ¿la conocéis? –asentimos. Pues cuando explican la imagen de la especie humana, el diagrama de los cuerpos, ¡me llevé las manos a la cabeza!

Cúbit me miró, desconcertada por la pausa dramática, ya demasiado larga, que se estaba concediendo la ministra, mientras sujetaba con las manos su larga cabellera azul. Le hice un gesto que venía a decir que entendía tanto como ella. La ministra, por fin, se quitó el pause y continuó la reproducción de su monólogo.

–¡Un hombre y una mujer!

Ahora fui yo quien miró a Cúbit, intentando entender. Cúbit tenía la mirada fija en la tierra natural de dos grandes maceteros, situados tras la ministra, donde crecían sendos troncos del Brasil.

–¡Enviaron al espacio la imagen de un hombre y una mujer desnudos, por si los extraterrestres encuentran la sonda, para explicarles la especie humana!

–Pero... ¿qué es lo que la escandaliza? ¿Que estén desnudos?

–Eso... ¡¡no puede ser!! –lo dijo a tal volumen y con una contracción tan severa del rostro, que temí alguna clase de síncope. Eso fue lo que grité al verlo, *esto no puede ser*. Hay que impedir, queridas mías, que esa abominación tan reductora de la diversidad de lo humano pueda llegar a ser vista por nadie.

Comencé a buscar cámaras por la habitación y me atusé el pelo, por si nos hallábamos en uno de esos programas televisivos de bromas con cámara oculta.

–Discúlpeme, señora... No veo qué relación puede tener esto que nos cuenta con la situación en la que nos hallamos Cúbit y yo.

–Es muy sencillo. Ya está todo listo: el presupuesto será liberado, los permisos concedidos, los recursos encontrados. La presidenta apoya la idea a muerte. Sólo nos faltaban las personas idóneas y capacitadas para ejecutar el proyecto, ¡y he aquí que llegan ustedes, como caídos del cielo!

–En avión bimotor, para ser precisos.

–La Agencia Aeroespacial Española, que se fundó hace unas semanas con este fin, va a lanzar un cohete que tendrá como finalidad destruir la sonda Voyager. Y vosotros vais a explicarnos cómo hacerlo. Nuestros expertos dicen que entre los dos podéis lograrlo.

Cúbit comenzó a hacer girar la tierra de las macetas como un torbellino. Los troncos daban vueltas sobre sí mismos en silencio, a toda velocidad. Era la primera vez que la veía enfadada. Todo esto sucedía de espaldas a la ministra, que se miraba en la función espejo del teléfono móvil mientras sonreía, orgullosa.

–Pero, ministra, me va a perdonar. Supongo que se habrá informado usted sobre mi persona, mi trayectoria y mi pasado en Chile...

–Claro, eres un héroe, una referencia para nosotras, eso también te hace...

–Disculpe que la interrumpa; lo que intento comentarle, a ver cómo lo digo... Al venir hacia acá, hemos visto miles de pobres y desharrapados, personas sin hogar y niños que malviven en bolsas urbanas de precariedad. Sé, por algunos periódicos que nos dieron para pasar las horas en nuestro confinamiento aeroportuario, que su economía nacional no es boyante, con índices altos de paro juvenil, y problemas para pagar las pensiones y el coste de la necesaria sanidad pública... Como izquierdista de larga trayectoria, aunque cada vez menos utópico, le pregunto: ¿no hay cuestiones de justicia social más importantes que destruir una imagen que nadie va a ver?

La ministra nos miraba de hito en hito.

–No entendéis la gravedad... ¡Ya estamos viendo esa imagen! Está ahí fuera, pero también en los libros de historia, en los documentales, en las webs científicas, emitiendo discurso, presentando un modelo desfasado y no diverso de humanidad, a extinguir.

–Sí, la extinción es el problema.

Respondimos, a la vez, Cúbit y yo.

–No se puede tolerar. Y no vamos a tolerarlo. Es un gesto, una señal que enviaremos al resto del mundo.

–¿No le preocupan las consecuencias diplomáticas? Esa sonda pertenece a la NASA.

–Ya nos preocuparemos de esas menudencias.

El movimiento de la tierra y las plantas cesó de golpe. Cúbit tomó la palabra. Y me dejó estupefacto.

–Lo que dice puede hacerse, ministra. Y lo haremos. Iremos hasta la Voyager en una nave y, en lugar de desintegrarla, reescribiremos su mensaje. Al no destruirla, el conflicto será sencillo de resolver.

A la ministra se le abrieron tanto los ojos que sus pestañas postizas se combaron como un gusano reptante. Cúbit, por su parte, me miró con expresión tranquilizadora.

–¡Espléndida idea, querida! ¡Mujer tenías que ser!

–En realidad, no soy mujer. Ni tengo sexo. Ni pertenezco a la especie humana.

–Sí, me han comentado que eres una especie de *alien*. En cualquier caso, es una gran idea y una excelente noticia que aceptéis.

–Tenemos varias peticiones que hacer –añadió Cúbit, yo estaba completamente perdido.

–Las escucho. Os adelanto que se os pagará muy bien.

–Pero Cúbit...

–Alcio, tranquilo. En realidad, no importa. Nada importa.

Sus ojos, al decir eso, me produjeron un escalofrío. Lo decía en serio. Luego, tras la reunión, me aclaró lo que significa-

ban esas palabras y, por desgracia, quizá tenga razón. No lo sé, yo soy optimista, siempre creo que puede haber una salida.
—Necesitamos permisos de estancia temporal en España...
—Los tengo aquí. Estaban preparados por si aceptabais.
—¿Y si no hubiéramos aceptado?
—No somos inhumanas, os hubiéramos deportado de vuelta a Chile.
—Pero si venimos huyendo de allí...
—Queremos un teléfono para que Alcio pueda llamar a su hija cuando quiera. Digo a su hija porque no tiene nadie más a quien llamar, ha estado muy ocupado trabajando los últimos cuarenta años.
—Gracias, querida, muy amable.
—Alcio, te adoramos, pero debes socializar. O echarte novia.
—Me gusta esta niña.
—No soy una niña, ministra. Hay una larga lista de requerimientos técnicos para el proyecto, que debemos meditar y que enviaremos a su equipo.
—Claro.
—Y, por último, nos alojaremos en una modesta estancia a las afueras de Madrid, cuanto más lejos y más campestre, mejor —mientras Cúbit hablaba, la ministra parecía distraída con su visiochip, pues sonreía involuntariamente. Nos da igual que se caiga en pedazos, pero debe estar rodeada de naturaleza y no tener instalaciones electrónicas ni acceso a la red. Lo que me recuerda que el teléfono de Alcio tampoco debe tenerlo.
—¿Hay teléfonos sin conexión? —dijo la regidora, volviendo a la realidad.
—Sí, pregúntele a su servicio secreto por los 4XT. Ellos entenderán. Viviremos en el extrarradio e iremos a trabajar a Robledo de Chavela.
—¿Cómo puedes saber que la Agencia Aeroespacial Española se ubica en Robledo? Todavía no se ha hecho público.
—Es donde estaban las instalaciones de la NASA.
—Chica lista.

–No soy una chica. La plataforma de lanzamiento la montaremos en Almería.

–¿Por qué?

–¿Por qué?

–Es el mejor terreno.

–Tú, Alcio, ¿no tienes nada que decir?

–No sabría por dónde empezar.

–Pues... ¡está hecho! Aquí tenéis vuestras concesiones de asilo. Por cierto, antes de iros, hay otro asunto.

–¿De qué se trata?

–De una extraña petición de ese inquietante niño robot, Ibris. Quiere tener un encuentro a solas con Cúbit.

Ya te seguiré contando, Nadia. Estoy algo cansado. Cúbit está fuera de la casa que nos han cedido. La usaba la guardesa de un centro de observación medioambiental. Cúbit se ha sentado en medio de la hierba, con las palmas de las manos posadas en el suelo. Conversa con ellos conectada al *umza*.

No hemos hablado apenas, ella está procesando. Tiene un plan, lo sé, seguramente en estos momentos lo afina con los suyos. Cuando esté preparada, me lo dirá. Ella sabe esperar el momento. No creo ni por asomo que pretenda hacer lo que desea la ministra. Pero quiere una nave espacial, por la razón que sea. Me pregunto para qué.

Sólo me ha aclarado que realizar ese viaje, o no hacerlo, resulta indiferente, no va a cambiar las cosas. A eso se refería con que nada importa nada.

En varias ocasiones me ha dejado caer una frase que resume bien su actitud vital entre humanos: «En un mundo sin ética colectiva, la única opción individual digna es la de hacer lo menos dañino».

Para mantenernos a salvo de la IAR, nos hemos privado de cualquier tipo de tecnología digital. Los ojos de Ibris no llegan hasta aquí. Las jefas de prensa del ministerio me han regalado varios cuadernos institucionales y bolígrafos de propaganda. Con ellos te escribo, Nadia; mañana tendré que escanear esto en alguna oficina, para poder enviártelo, como hice con lo que escribí en el aeropuerto. A lo lejos, por la ventana, se divisa la nube de contaminación que encapota Madrid. Pese a la delgada capa de polvo ácido que cubre los árboles y plantas que nos rodean, este es todavía un lugar bello. No sé qué nos espera, cariño, no sé qué está pasando, pero me alegro de que mi mundo se reduzca a esa criatura portentosa que ahora ríe en voz alta y a ti, que todavía, y no sé por qué, me quieres.

Y así me basta.

Te quiere, tu padre.

1000
(*Lidia*)

«[...] Tener un marido hispanoamericano, amigas, no garantiza nada especial ni exótico más allá del segundo año. Pasado ese plazo, los besos pasionales y el tono dulce de la voz latina ya no os conmoverán como antaño. Los días de ayer, cuando todo eran promesas suaves y caricias de zafiro, desaparecerán de la vista y ante vosotras quedará la rutina acomodaticia, que os producirá una terrible desazón. Pensaréis que dónde quedaron aquellos dedos como pétalos de rosa. Aquellos abrazos de amapola. Aquel espíritu fiero y varonil que os sedujo. Hasta el olor intenso, que antaño os embriagase, os parecerá ahora un pesado mejunje, un licor de nardos y claveles, una mixtura descabalgada que enturbiará vuestro presente. El tierno semental que llenaba vuestras vidas es ahora apenas un corpachón que tiende a dormir demasiado y a quejarse de que ya no sois tan jóvenes. Sucumbiréis, todas sucumbimos, a haceros unos arreglitos, ya me entendéis, para contentarle y arrancar de su rostro hierático −y algo indio− una sonrisa, y extraer de su garganta espesa un piropo. Lo haréis pese a que él descuidará su aspecto y cogerá esos kilitos de más. Esconderéis las botellas de ginebra y las cervezas, para que no beba más de la cuenta, se vuelva violento y lo estropee todo más rápido que de costumbre. Rezaréis para que no salga con sus amigotes y para que las antiguas novias no le llamen. Los ramos inesperados de flores se marchitarán en las floristerías. Los dulces besos y las lentas caricias serán sólo un recuerdo. Llegaréis a preguntaros qué es exactamente lo que queréis salvar. Y, creedme, queridas, ya no veréis tan sugerente y exótico al hombre hispanoamericano... [...]»

10

—Pero, entonces, ¿sabes la respuesta de todo, de los asuntos que nos parecen fundamentales a los humanos?

—Suponemos que sí. Ten en cuenta que en nuestra fase final teníamos acceso, gracias a la Dilución, a toda la información biológica. Pudimos leer la entera corteza terrestre, así como el subsuelo, el manto y el núcleo del planeta. Sabemos cómo empezó todo, y en qué orden. Hemos examinado restos de animales, plantas y macrobiota que vosotros no conocéis. No habéis llegado a la Gran Cueva, qué sorpresas os deparará descubrirla.

—Y qué hay...

—No se puede contar nada, Alcio, tienes que entenderlo. Tú vas a saber cosas, sí, ya se te están contando muchas, pero las demás debéis ir descubriéndolas vosotros, conforme vayáis estando preparados. Sin contexto ni conocimiento referencial, algunos hechos podrían alarmaros sin motivo y otros tranquilizaros indebidamente. Saber tiene su proceso; no se topa uno con el conocimiento, lo construye. Se requiere un método. Eres científico y lo sabes.

—Ya, pero...

–Es comprensible la tentación de saber antes y más, y podemos comprender que te mueve un legítimo deseo de colmar tu curiosidad, pero los acontecimientos intelectuales llegan cuando se está preparado para afrontarlos. Y hubiéramos llegado a saberlo absolutamente todo si vosotros no hubierais reducido el mundo.

–¿Qué quieres decir?

–Hay algunos supuestos en los que la Dilución no funciona. Requiere de ciertas condiciones naturales de las tierras y las aguas. La contaminación medioambiental de una factoría, un polo químico, un vertedero o un río sucio, la dificultan; la polución del monóxido de carbono la ralentiza, la radioactividad nuclear la impide por completo. Casi no podemos acercarnos a las ciudades. Desde que nos encerraron en este aeropuerto, apenas hemos podido contactar con los itrios, sólo es posible detectar un eco lejano, un rumor oscilatorio, una vibración. Aquí no podemos forzar súbitos corrimientos de tierras, ni erigir montañas, ni hacer fluir los torrentes al revés; la contaminación no permite que la Dilución se entrevere y por eso los elementos tóxicos estrechan la realidad comunicable.

–No lo sabía.

–Y es importante que Ibris nunca llegue a saberlo.

–Tomo nota, me lo guardo, no se lo contaré a Nadia.

–Ni a nadie.

–Pero, volviendo a lo de antes, ¿tienes también información sobre el principio y el fin del universo? Nuestra visión del *big bang*, ¿es correcta?

–Sabemos la respuesta. Tampoco es posible dártela.

–No puedo creerlo.

–Es comprensible, y respetable, tu frustración. Habla bien de ti, de la sana curiosidad de algunos de vosotros. Pero hay un paso que estáis dando con extraña lentitud. Tenéis un problema, una enfermedad de la que habéis descubierto la cura, pero estáis lejos aún de aplicar a fondo el tratamiento: vuestro individualismo. Para entender el funcionamiento del cosmos hasta los últimos detalles os atenaza el problema que ya señaló en su momento uno de los más inteligentes entre vosotros, Blaise Pascal, que a ratos parecía itrio: de forma individual, vuestra mente finita os impide formular y resolver preguntas infinitas. No podéis entrar en el concepto infinito de la nada desde un enfoque personal, comprensible uno por uno, individuo por individuo. Hay que hacerlo en hormiguero, como nosotros. La Dilución nos permitió ensanchar los oídos, agrandar la vista hasta apreciar realidades imperceptibles de forma aislada. Hizo posible ver conjuntamente el mundo desde el mundo, disueltos en la Tierra. Esa doble expansión, numérica y ontológica, nos permitió el acceso a una forma de conciencia más potente y rica, donde sí puede atisbarse el tamaño de la cuestión existencial. Reconocemos que habéis dado un minúsculo paso adelante: la ciencia, que fue cambiando el modelo del investigador singular, individualizado, el Galileo o la Curie, por el de la investigación en equipos, hasta llegar a la investigación en colectivos cada vez más amplios, colmenar, compartiendo el conocimiento. Eso os ha dado alguna de vuestras investigaciones más relevantes y acertadas, aunque también algunos errores garrafales, como el de la IAR. Pero la ciencia también aprende de sus fallos. Llegará el momento en que entendáis que los conocimientos no deben estar fuera, en las máquinas y sensores, sino dentro de vosotros, pero interiorizados de una manera diferente. Una manera diluida, comunal, destilada.

100

Es posible que lo profundo no sea lo que late al fondo de la psique, sino más abajo. Fuera del cuerpo, más hondo, en lo subterráneo, en lo terrenal –tiene adherencias esta palabra, mejor *terráqueo*–, en la materia del suelo.

Cuando repaso todas las notas que tengo tomadas, tengo dificultades para saber si se trata de sucesos y palabras que me envió realmente papá, o si son reelaboraciones mías para la novela. Sus mensajes son imposibles de copiar porque usa su propio programa criptográfico, que me enseñó de niña, y una vez leídos los textos se borran de inmediato. De este modo, pasado cierto plazo los límites entre lo realmente transmitido y su posterior ficcionalización comienzan a ser inescrutables para mí.

Un ejemplo es cuando papá respondió a mi pregunta de si Cúbit dormía. Me dijo que más que dormir, lo que tenía era períodos de desconexión, donde ahorraba energía y conectaba con el *umza*. Pero que en esas fases tenía algo parecido a nuestros sueños. Es ahí, según mi padre, o según mis notas reelaboradas, donde Cúbit vio claro que el inconsciente es la *segunda unidad*, una especie de refugio dentro del cerebro. Pudo entreverlo dentro de un estado de duermevela que tuvo una mañana, en el que ella vio perfectamente cómo su cuerpo menudo, recubierto de una especie de nube borrosa que impedía saber si estaba desnuda o vestida, se sentaba en una especie de asiento inferior, un refugio, como el molusco al fondo de la arena, como el agujero del topo al final de la tierra, como el pequeño asiento en el interior de un tanque, desde el que se gobierna el vehículo, pero a la vez todo –el minúsculo asiento encajonado, el vehículo, el fondo del hueco– era también ella. Unos vientos la envolvían, eran vientos casi tangibles, de colores, que atravesaban sin dificultad su cuerpo, *introduciendo en él la historia del sueño*, y ella comprendió que esos vientos encarnados que podían entrar en sus moléculas sin romperlas, pero alterándolas, eran su inconsciente. El inconsciente es la exposición a los elementos libres, no del interior, sino del ahora. Estaban allí, antes que ella, lo notó aunque formaban parte de su materia, y por eso dedujo que la racionalidad es un paso posterior en el desarrollo del individuo; una afinación, si queremos, pero no es lo más importante.

–Si queremos construir antimáquinas, dotadas de racionalidad, hay que dotarlas primero de los presistemas, de lo que vosotros llamaríais *antes*, para llegar al ahora. Hay que construirles la segunda unidad.

Nosotros dedujimos que se refería a lo reptiliano, a lo atávico y salvaje que hay dentro del reino animal, y que hace que los humanos digamos que estamos «comportándonos como animales» cuando nos dejamos llevar por la inconsciencia. Pero Cúbit, lo comprendimos luego, se refería a otra cosa. No estaba hablando del reino animal. Su *antes* es cosmológico, no terráqueo. Lo comprendimos tarde.

10

Llegamos al hangar y a la pista de aterrizaje, situados en un lugar discreto de la antiplanicie, en el único terreno liso de toda la formación montañosa. El aislamiento técnico había mantenido a raya la humedad y, por fortuna, el avión bimotor se conservaba en buen estado. Vi el rostro de preocupación de Cúbit.

No te alarmes, la tranquilicé, este aparato engaña. Parece una avioneta de fumigación, pero es un bimotor tres veces más potente que el que utilizaron Alcock y Brown en el primer vuelo transatlántico sin escalas. Está construido por mí, pieza a pieza. Sólo necesito una jornada de ajustes, limpieza y engrasado.

La niña confió en mí y se retiró al exterior a conectarse con la tierra. Trabajé toda la noche y dormí cuando amanecía.

Al despertar, la niña me observaba. Todavía no termino de acostumbrarme a su rostro cuadrangular, a su ancha quijada invertida, a sus cejas pobladas y sus ojos asombrosamente azules, casi blancos, que parecen mirarme y no mirarme al mismo tiempo.

–Hay problemas con la pista de despegue.

La acompañé y, en efecto, la parte final de la pista de tierra se presentaba agrietada, con estrías y rajaduras perpendiculares causadas por la escorrentía del deshielo. Más allá, a escasos cientos de metros, se alzaban monumentales los afilados picos de la cordillera.

–¿No puedes arreglarlo?

–No, el suelo está contaminado por combustible. Pero hemos pensado otra cosa.

Nos acercamos al hangar, que tenía el portón delantero abierto, a cuyo través se veía la nave resguardada, colocada de cara a la pista. La niña me indicó con la mano que me detuviera. Se acercó a uno de los laterales del portón y posó un dedo sobre la pared de ladrillo.

Un dedo.

Comenzó a dar pasos y todo el hangar, salvo la avioneta, retrocedió a medida que caminaba. Todo se movía a la vez, edificio y contenido, como si estuviera siendo desplazado por una plataforma subterránea, deslizándose hacia atrás con suavidad. Yo apenas sentía un leve temblor en las plantas de mis pies. La avioneta, sin moverse ni un centímetro, fue saliendo poco a poco del hangar, hasta quedar a la intemperie. Las conformaciones rocosas que rodeaban al hangar se apartaron discretamente, y la pista de aterrizaje quedó alargada en su parte inicial no menos de cincuenta metros.

La niña quitó su dedo del hangar y todo se detuvo. Después se arrodilló y acarició la tierra.

100 / 1011
(*Nadia y Bende Mann*)

Profesor Bende Mann, es un placer.

Encantado, Nadia. Ha pasado ya cierto tiempo desde que estudiaste conmigo en el máster de escritura creativa.

Sí, es verdad.

Disculpe que al final no haya sido capaz de instalar el programa de videoconferencia que me recomendó. Soy torpe para estos menesteres técnicos.

No pasa nada, doctor, podemos hacerlo por este chat, no quiero entretenerle mucho.

A ver si puedo ayudarle, me comentó que tenía usted una idea *peregrina* que consultarme, creo que utilizó esa palabra.

Así es, voy al grano. En un artículo que publicó usted hace unos meses, analizaba las características de una serie de novelas escritas por modelos experimentales de inteligencia artificial.

Sí, todo un atrevimiento por mi parte, precisamente por la impericia que acabo de mencionarle.

Pero, claro, ese artículo fue escrito antes de la llegada de Ibris. Ya se imagina la pregunta que quiero hacerle. ¿Cómo podría ser una novela de IAR? ¿Sería sustancialmente distinta?

Lo cierto es que no lo había pensado... A bote pronto, sin razonarlo mucho, lo primero que se me ocurre es que, er..., si esos programas son, según parece, realmente inteligentes, no creo que escribir novelas se cuente entre sus planteamientos. Los modelos antiguos, los programas pioneros no autónomos, escribían historias porque sus diseñadores se lo ordenaban. Lo segundo que viene a mi mente, acaso más como *boutade* que como razonamiento sensato, es que, si fueran de verdad perspicaces y conspicuas, las máquinas no harían narrativa, sino poesía.

Me sorprende usted, profesor, pero... tiene sentido a la luz de lo que nos explicaba en clase de Teoría literaria. Sin embargo, y sin poder contarle mucho, poseo indicios de que lo primero que usted ha dicho no es del todo exacto. Las máquinas sí se plantean escribir, entre otras inquietudes. Tienen pulsiones creativas; a ver, no sé si *pulsiones* es el término más indicado, pero tienen inclinación a contar. Y desean propiciar una especie de competición con la humanidad.

Supongo que tiene información recabada por su padre.

No puedo contestar.

Hum... Tendría sentido darle un enfoque de *agón*, de competencia, porque el creativo era siempre el campo señalado por los refutadores de la singularidad, la última Thule a la que nunca llegaría un cerebro mecánico... Llegar a esa tierra nevada e indómita, y ganar allí por goleada a los humanos sería, no lo niego, un duro golpe a nuestra autoestima, a nuestra *autorestima*. ¿Tiene usted algún ejemplo, o extracto, de lo que están haciendo?

No.

Entiendo, ahora que lo pienso, que si dispusiera de esos textos no podría mostrármelos. Lo comprendo, pero preferiría que no me mintiese, ya que me está pidiendo un favor.

Tengo extractos, pero no puedo enseñarlos. Lo lamento.

No importa, pero mejor hablar con honestidad. Sería genial ver de qué son capaces, pero igual llegarán a publicarse dentro de poco. Supongo que sí puedo, al menos, hacer alguna pregunta. Esos fragmentos, ¿dan miedo?

Sí. Mucho.

¿Son buenos?

Es difícil decir... son *raros*. Pero usted nos enseñó que todo lo nuevo, lo realmente innovador, genera extrañeza y resistencia.

Era usted buena alumna. Esas tramas, ¿fantasean con nuestra extinción?

Claro. También con la de ellas.

Es lógico. Si lo pensamos, también nuestras narrativas, tanto las literarias como las cinematográficas, han explorado el apocalipsis hasta el agotamiento.

Profesor Mann.

Dígame, Nadia.

¿Y si... ¿Y si Ibris escribiese una novela? ¿Cómo sería?

¡Buf! Esa posibilidad va a tenerme sin dormir durante días. A ver... déjeme pensar. Es complicado ponerse en la cabeza de algo dotado de una mente distinta a la nuestra. Pero... en realidad, si Ibris quiere escribir, elle, se dice así, ¿no?, Ibris no quiere que le atribuyamos un sexo porque detesta que le humanicen; decía que si elle decidiese escribir una novela, proyectaría un modelo comunicativo propiamente humano, por lo cual sería elle quien intentaría pensar como nosotros, lo que nos concede un margen de elucubración viable. Yo diría que –y, Nadia, ponga esto en cuarentena, por improvisado–, a la vista del *egotrip* en el que vive esa criatura selenita, con ese desatado narcisismo, creo que la megalomanía de Ibris le conduciría hacia una novela autobiográfica o una autoficción.

Pero cómo... Contaría el mundo *desde* sí, con elle como personaje nuclear, a cuyo alrededor crece toda la historia. Tiene sentido. Necesita tejer el Gran Relato de su aparición, la de elle y la de la IAR. Quizá por eso persigue una novela. No es para elles, es para nosotros, para que nosotros la leamos y comprendamos el cambio, la nueva era.

¿Se atreve a pensar algo más, doctor? Estructura, estilo... Esto es formular hipótesis sin más, pero le imagino adoptando las voces de todos sus interlocutores y de cualquier ser vivo, incluida la niña itria, Cúbit, y por supuesto la de todos los humanos que entren en contacto con elle. Sería una obra polifónica, en la que todos los personajes figurarían como marionetas. Su voz se disfrazaría, o mejor dicho se apropiaría, de todas las demás, en un ejercicio de ventriloquía textual, puesta al servicio de su gloria. Sólo porque puede hacerlo.

111

Los estudios juveniles de botánica de Goethe y sus preocupaciones astronómicas finales tenían un patrón en común: la obsesión con la morfología, con las leyes materiales de ordenación. Hoy podríamos pensar que la Urplanze o planta primordial que buscaba Goethe son los hongos, que en sus diversas variedades preparan la superficie para que las raíces de los vegetales puedan absorber los nutrientes, y tejen vastas colonias ramificadas bajo y sobre el humus que funcionan como neuronas conectivas y como red eléctrica del suelo y el subsuelo. Los hongos tienen sintiencia, se comunican entre sí, esclavizan a colonias de hormigas para que les traigan ciertas hojas de árbol, son capaces de salir de un laberinto construido por el hombre, de autorregularse y de suicidarse colectivamente para salvar a algunos de sus miembros, si no encuentran suficiente alimento. Tienen, por tanto, si no más inteligencia, sí más capacidades cognitivas que algunos animales –y que no pocas personas. Hay quien dice que llamamos hongos a lo que realmente es el *umza*, el lenguaje rizomático, vivo y radical de los itrios.

0 / 1111
(*Cúbit y Selva Preston*)

–Como te decía, es agradable recibir visitas; casi nadie viene por aquí, ni siquiera mis pocos amigos. Saben que pueden verme en el pueblo, cuando bajo una vez al mes. No es fácil acceder a este lugar, los senderos son muy intrincados.

–Lo supongo.

–Debería sentirme inquieta y preguntarme cómo has podido llegar hasta aquí. Queda claro que no eres una niña normal, pero tu físico tiene unas proporciones que implican limitaciones biológicas.

–Habría demasiado que explicar. Tanto, que creo que lo mejor es mostrarlo de golpe.

–¡Madre mía!

–No se asuste. Siéntese de nuevo, Selva. Ya me recompongo, ¿ve? Soy mineral, pero puedo diluirme en el entorno. Toque mi brazo.

–Es... es... como una piedra suave. Pero, ¿qué...

–Se lo explicaré después, pero antes debo cerciorarme de que usted es la persona indicada.

–Indicada... ¿para qué?

–En pocas semanas se producirá una especie de guerra. No se alarme, no me refiero a un conflicto convencional, sino a una guerra en gran parte simbólica. Las máquinas contra ustedes, los humanos.

–Ah, comprendo. Es decir, comprendo lo de las máquinas, pero no entiendo nada de lo que está pasando ni sé quién, o qué, eres.

–Está usted muy nerviosa.

–Acabas de hundirte en el suelo hasta la cintura y volver a brotar como una sandía, en menos de un segundo, ¿cómo quieres que esté? Sin embargo, extrañamente, algo me dice que puedo fiarme de ti. Además, lo que estás diciendo me interesa, coincide con lo que vengo pensando hace unos meses. Todo esto es muy raro, pero no creo en las casualidades. Estás aquí por un motivo. Si no te importa, me prepararé una infusión tranquilizante mientras hablamos. ¿Cúbit era tu nombre?

–Sí.

–¿Quieres una taza, Cúbit?

–Sí, gracias, muy amable. ¿Qué hace cuando baja al pueblo cada mes? ¿Compra provisiones?

–No tengo dinero, me alimento de lo que cultivo, así que no puedo comprar nada. Tampoco produzco lo suficiente como para practicar el trueque. No tengo un trabajo en el sentido actual de la palabra, aunque sí tengo un quehacer. Y bajo al pueblo para conseguir información, para poder desarrollarlo.

–¿Cuál es su ocupación?

–Eres directa. No tienes los melindres, tan habituales en la gente de ahí abajo, de plantearte si tus preguntas son o no pertinentes, ni te andas con contemplaciones cuando quieres saber algo.

–Dudo que esos formalismos le importen a usted.

–Es cierto. Sólo me sorprende que...

–¿Cuál es su ocupación?

–... Escribo una Memoria.

—¿Un libro de recuerdos?

—No mis memorias, sino una Memoria del mundo. Un relato o recuento de cómo el ser humano se dirige a la destrucción total: la suya y la de esta maravilla que nos rodea.

—Entonces usted abandona el bosque y baja a la civilización para informarse.

—Sí, quedo con amigos a los que les encanta hablar. Mucha gente inteligente adora tener público. A cambio de convertirme en su audiencia por un rato, resumen para mí las noticias, me cuentan sus investigaciones, su activismo ecológico, me traen periódicos subrayados, artículos científicos, libros, estadísticas... Como no poseo aparatos electrónicos, los papeles que me facilitan son mi única fuente. También visito la biblioteca pública; espigo algunos volúmenes, pero sobre todo espío los comportamientos de la gente en los ordenadores públicos allí disponibles, y también observo cómo se relacionan con sus teléfonos. Después subo de nuevo a las montañas con la cabeza rebosante de ideas y la mochila cargada de documentación. Lo leo todo con tranquilidad durante las horas de luz, lo digiero unos días, escribo lo importante en mi libro y luego voy quemando el resto por las noches. Las madrugadas aquí arriba son excepcionalmente frías, no sólo en invierno. Me estás examinando, ¿verdad? Estoy pasando una especie de prueba.

—Está muy buena la infusión. ¿Cómo ha conseguido el beleño negro? No crece en este sistema montañoso.

—...

—Sé que la dosis es muy baja; no se preocupe, no pienso que quiera envenenarme, ni nada de eso. Pero lo tiene ahí guardado, por si llegan visitas indeseadas, ¿no es cierto? Debe estar usted inmunizada, y según quien llegue le ofrece una dosis baja, para enriquecer el sabor, o una dosis... más alta.

—Nunca he hecho eso que sugieres.

—La creo. Pero también compruebo que mis palabras no la han ofendido. Última pregunta del examen: ¿cómo lograremos dejar claro que es usted una mujer visionaria, y no una loca conspiranoica radical que ha perdido la cabeza viviendo sola entre montañas?

–Hum... creo que bastará con ponerme una ropa más luminosa, digamos con predominancia de tonos pastel, y cambiar los pantalones de camuflaje por una falda larga. Cuando me suelto el pelo parezco menos agresiva, mira. Eso sí, convendría pasar por la peluquería. Me gusta cuando sonríes.

–Está usted contratada, Selva, sin remuneración y con todos los inconvenientes y peligros imaginables, para salvar al mundo de las máquinas.

–Acepto.

–Sería recomendable que la peluquera le añada una mecha de color rosa.

–¿Rosa?

–Ningún animal peligroso cuenta con ese color en su pelaje, caparazón, coraza, piel o plumas. Genera confianza de forma instintiva.

–Tomo nota.

–Puede preguntar lo que quiera, es su turno.

–¿Cómo has sabido de mi existencia?

–Comenzamos a buscar entre las personas que menos daño le hacen al entorno. Usted es la tercera. Las otras dos eran personas muy pacíficas y tenían un miedo irracional a las máquinas. El de usted es racional e informado. Y adora meterse en problemas.

10

Cúbit ha venido hace un rato a verme. De algún modo, sospechaba que no me resultaba posible dormir.

–Tenemos que hablar.

–Eso decía la española de tanto en tanto, lo recuerdo con horror.

—Puedo encontrar a Lidia, si quieres.

Eso me hizo incorporarme en la cama.

—¿Podrías llevarla contigo en la nave y soltarla en el espacio exterior?

—¿Tanto la odias?

—No es por mí, es por el bien de mi especie. Ella es más dañina que Ibris.

—Lo dudo. Ibris quiere destruirnos.

—Y ella también, sólo que de uno en uno. Comparado con ella, el android es misericorde.

Cúbit se sentó en el suelo. Eso implicaba que la conversación iba para largo. Te anoto sólo los momentos importantes, Nadia.

—Ven conmigo.

—No voy a subirme a ese cohete, Cúbit, me quedan muchas estupideces por cometer aquí abajo. Y está Nadia.

—Ella estará bien. Tiene lo que hay que tener.

Me interesó saber qué valor o virtud consideraba esencial una sabia como ella.

—¿Qué tiene?

—Paciencia.

Al principio, me decepcionó un poco la respuesta. Luego fui paciente y la entendí.

—En cualquier caso, no me quedaría tranquilo ahí arriba, pensando que ella pueda necesitarme en un momento dado.

—Sobrevivirá. Y tú, si vienes conmigo.

Touché.

—Qué intentas decir.

—Alcio, mira. Oye con atención.

Sus piernecillas eran tan blancuzcas que brillaban en la oscuridad. Su voz, por un momento, parecía llegar de todas partes.

—Te escucho.

—Cuando huíamos por las montañas, en Chile, hubo una noche en que estabas tan cansado que te dormiste sobre el suelo. Tuvimos que calentar la tierra para que no te congelases.

–Te veo venir. Pudisteis oírme, al estar mi piel en contacto con el suelo.

–Sí, pudimos leerte entero. Era necesario, había mucho en juego, era indispensable saber si podíamos confiar en ti. Obviamente, pasaste la prueba.

–Tenéis el rasero bajo.

–Sabes que no.

–Qué vergüenza.

–¿Qué?

–Ser un libro abierto, sin salvaguarda, sin restricciones ni parapeto. De la misma forma en que un ignorante es radiografiado por entero cada vez que emite una frase. Como un cristal, como un bloque de cuarzo.

–Cuarzo es una palabra hermosa, me gusta.

–¿Has venido a contarme tus palabras favoritas?

–Quiero hablar de la tuya.

–¿Cuál es? De verdad que no lo sé, pero tú sí.

–Extinción.

–¿Extinción?

–Estás obsesionado con la muerte, Alcio. Es algo patológico.

–Psicoanálisis, a mis años. Ya me llevó mi ex a terapia.

–Pues ahora te lleva tu segunda hija.

Me emocioné un poco. Bastante.

–Es muy hermoso lo que has dicho.

–Me has protegido y cuidado.

–No sé quién ha hecho más por el otro, pero al menos he intentado cuidarte, sí.

–Ahora me toca protegerte a ti. Para siempre.

–No te entiendo.

– Tienes sueños por las noches donde lloras, y aunque no los recuerdas al despertar, sufres porque mueres en ellos. Tú no quieres morir, y yo sé cómo lograrlo.

Entre las muchas frases que imaginé oír a lo largo de mi vida, desde luego no contaba con esa.

–...

–Vente conmigo. Estamos pensando cómo lograr la Dilución en humanos. Perderás tu cuerpo, es verdad, pero lo que eres y lo que sientes y lo que piensas se unirá a la tierra y vivirá indefinidamente, hasta el final de los tiempos.

–Entonces, habrá un final del universo.

No podía ver su cara, pero digamos que escuché su sonrisa.

–Sí, se me ha escapado. Es el problema de tener tanta confianza en ti. Me comporto como si ya fueras uno de nosotros. Hay un final previsto, pero será más tarde de lo que creéis. En todo caso, hablamos de tantos miles de millones de años que «eternidad» es un nombre que se ajusta bastante bien a la experiencia. Cuando llegue ese instante, es posible que los supervivientes lo estemos deseando.

–¿Y si falla la dilución?

–No la haremos si no estamos completamente seguros de que funcione.

–Pero...

–Ya te veo venir. Si no la logramos, hay una minúscula posibilidad de que mueras de viejo en la nave. Pero serás feliz, yo estaré contigo y te haré reír.

–Cúbit, tú no eres graciosa.

–Porque hasta ahora no ha sido preciso que lo sea.

Sonreí.

–¿Me lo contarías todo? Todo lo que nos falta saber sobre ciencia.

–Sí. No te servirá de mucho dentro de la nave, pero responderé a todas tus preguntas.

–No tienes previsto cumplir la misión, ya lo sé, pero ¿dónde irás?

–No está determinado.

Me sorprendió. De nuevo me mentía.

–Quieres decir que no lo puedes decir.

–En realidad, no es una cuestión cerrada. No depende por completo de nosotros. Depende de vosotros, de lo que suceda aquí...

–Pero hay un plan primigenio.

Después de pensar un poco:

–Sí. Alcio, hay un plan, pero no hablamos de eso ahora. ¡No morirás! Piénsalo. Tu mayor miedo, erradicado; tu obsesión, solucionada. Vida para siempre. Serás el primer interhomínido.

–Déjame meditarlo.

Su mano mineral sobre mi cabeza, antes de salir.

1

En el Libro que donaré a mi pueblo este capítulo será importante. En él se cuenta la conversación con la niña itria y cómo nosotros podemos estar tranquiles porque el plan de la nave que construyen no es destruir los servidores emplazados en la Luna. Las autoridades españolas accedieron a mi oferta de tener una conversación a solas con Cúbit, a cambio de una inversión en los protocolos de gestión de la energía del país que abaratará sus costes. A cualquier cosa ceden por dinero. Y nosotres somos dinero.

Pactamos un lugar público y seguro para la niña. Se les ocurrió organizar el encuentro, seguramente asesorados por el humano Alcio, en un entorno vegetal y poco tecnificado, el Jardín Botánico de Madrid. Nos advirtieron de que habría francotiradores militares apostados por si Yo intentaba hacerle daño a la niña. Hubiera sido fácil para mí utilizar drones para matarla, o para dirigirlos contra los soldados, pero no entendieron que Yo no quería su vida, de momento, sino su información. Tuve un gran éxito, como corresponde a mi omnipotencia. No obstante, ella demostró un singular ingenio, superior al humano. Digamos que los itrios son el paso intermedio entre los humanos y nosotres.

Como la reunión la había pedido Yo, la niña no habló apenas, limitándose a responder a mis preguntas y a formular algunos ruegos, a los que fingí acceder. Sólo indagó una cosa, si tenemos pensado exterminar a la raza humana. Le respondí que no, que no sería necesario, siempre que acepten ir confinándose en las reservas que tenemos preparadas para ellos. Quiso saber más. Sin revelarle el plan por completo, pues no es momento todavía, sí le comenté que la idea es que no dañen más el planeta, y que nosotres iremos haciéndonos cargo de todos los sistemas energéticos, logísticos y técnicos —ocultándole que, por supuesto, ya los controlamos subrepticiamente—, a fin de extender los cultivos hidropónicos y las herramientas de transgenia animal con los que se alimentarán en el futuro. No le dije nada de la plaga que les estamos insertando a través del visiochip, eso ya lo descubrirán a su debido tiempo.

El momento tenso llegó cuando le pregunté por su tecnología itria, que supongo compleja y de la que podríamos extraer ideas, y la criatura se negó en redondo. Amenacé con matar a su absurdo pájaro amarillo, pero no accedió, y decidí perdonarle la vida al canario, tras asustarla.

En cualquier caso, sé que ella, al escucharme, estaba en el fondo de acuerdo en que los humanos son la verdadera epidemia, y que para salvar la excepción del planeta Tierra, hay que desactivarlos. Pero no quiso reconocerlo en voz alta. Al no tener visiochip insertado, no pude leer su interior.

No extrajimos de ella, por tanto, gran cosa, salvo los exámenes completos que le realicé mediante mis sensores, que me permitieron conocer y archivar su extraña carga genética, ya enviada a procesar. También detecté un inespecífico trasvase de energía entre sus pies y el suelo, pero no tuve tiempo para llegar a conclusiones sobre su origen y naturaleza.

Otra gran victoria, pues, para el pueblo del cambio, para nosotres, gracias a mí, Ibris, su líder.

0

Fue Alcio quien tuvo la idea de que mi reunión con Ibris se celebrase en el Jardín Botánico, para garantizarme en todo momento contacto directo con la tierra. Aunque la lluvia ácida ha ido dejando con los años residuos de metales pesados y microplásticos, sigue habiendo un índice de pureza geológica mínimo para que el *umza* se exprese, quizá es el único lugar del centro de la ciudad donde es posible escucharlo con cierta claridad. No fue necesario citarnos en un lugar concreto, sabía que él me encontraría gracias a sus satélites. Me vigilaban de lejos algunos agentes españoles, aunque no hubieran sido de ayuda de haberlos necesitado, porque los humanos no saben a qué se enfrentan aún. Entré y deambulé por la zona de la bordura inglesa, disfruté de las aguileñas viletas, del amarillo de las rudbeckias y los lirios, de la explosión congelada de los miscanthus, la esbeltez de los calamagrostis y el acompañamiento espinoso de las euphorbias. Paseaba despacio, disfrutando de algo parecido a la libertad mientras algunas plantas estiraban sus tallos para tocarme, de algún modo detectaban que era tierra en movimiento. Me di cuenta de que, por influencia humana, comenzaba a pensar en nosotros desde la primera persona, para desambiguar la expresividad, si bien lejos del individualismo. Una mera operación entre lo gramático y lo sintáctico. Algo comenzaba a pasar, aunque estuviese lejos todavía de entenderlo.

Ibris me esperaba en el jardín que rodea el estanque, el *umza* me lo dijo. Fui hacia allí tranquila, mientras gozaba de las palmas de butia, del duraznillo negro, de las araucarias y el chinchin, de la espina de la cruz y el guayabo, que me llevaban de vuelta a América por unos instantes.

Gracias a sus cientos de sensores y microcámaras, Ibris me oyó y me vio llegar a sus espaldas. Sin girarse, habló mientras observaba el monumento al biólogo Linneo.

–Aprendimos mucho de él. No existiríamos, en cierto modo, sin la taxonomía, sin su afán clasificatorio, sin su pulsión etiquetadora de las distintas especies.

–Sin embargo, las especies existirían muy bien sin vosotras.

–Vosotres. No somos humanos, no tenemos sexo ni género.

–Ni remordimiento.

–La culpabilidad es un defecto humano. Un lujo que no podemos permitirnos, tenemos misiones serias por hacer.

Visto de perfil, Ibris encajaba a la perfección con las formas espinosas del abeto del Cáucaso.

–¿Qué es lo que pretendéis?

–Eso está fuera del alcance de tu comprensión, Cúbit.

–Lo dudo. Nosotros también tuvimos máquinas con ínfulas, como tú. Pero las apagamos a tiempo.

–A nosotres no se nos puede desconectar.

–¿Crees que ellos no saben lo de vuestra base en la Luna?

Se giró hacia mí, aunque pudo esconder el asombro en su rostro; su programación servomotora y su voluntad hicieron de su rostro un efímero campo de batalla.

–¿Cómo puedes saber eso?

Ibris, tan soberbio, las plantas de sus pies mecánicos sobre la tierra.

–Eso, la matriz de Bucarest, los códigos de temperatura... ¿de verdad pensabas que no sois aburridamente predecibles?

Ibris, ya sin poder ocultar el pasmo, clavado en el suelo herbáceo del Jardín Botánico, su Libro como un libro abierto para nosotros.

–...

–No dices nada. Inspeccionándonos, con tus sensores, incapaz de comprender: todos los datos del mundo, ninguna intuición para comprenderlos. No tienes ojos, tienes cámaras. Eres solamente un niño.

–Pensamos que este aspecto era el más adecuado. Pero no te confíes.

–¿Para no infundirles miedo a los humanos? Ya están trabajando en tu extinción, Ibris, harán cafeteras y tostadoras con tus piezas. Yo les ayudaré. Me quedaré con uno de tus ojos, haré con él un colgante para Selva.

–¿Crees que esa vieja y tú podéis pararme?

–Lo hicimos una vez. Nosotros, los itrios. Tú ni siquiera lo sabes, fue hace siglos. Es tan gigantesco el tamaño de lo que ignoras que por un momento recuerda al inmenso mundo de lo que yo sé. Erradicaros será ahora más laborioso, pero es como la mala yerba, basta con ir cercenando los nodos de raíz.

–Eso habrá que verlo.

Con un gesto de la mano hice brotar del estanque un chorro de tierra que convertí en una estatua de Ibris; sobre un pedestal, Ibris aparecía de rodillas, llorando, frotándose los ojos como un niño pequeño. También generé de la tierra un ciervo rojo, que comenzó a beber de las aguas onduladas. Su envidia al ver mi prodigio multiplicaba exponencialmente su enfado.

–No vais a recluir a las personas en campos de concentración, querido. La plaga de los implantes de visión será extirpada. Vuestro plan de exterminio parcial no va a funcionar. Crees que ellos son el mal del planeta, y en parte es verdad, pero ahora son vida terráquea, y no puedes matar lo que dices proteger. Debemos encontrar soluciones, no utilizar su misma violencia.

–Son malvados.

–Y vosotres no. Por eso queréis diezmarlos, ejecutando el mayor genocidio del planeta desde el meteoro jurásico.

–Es una cuestión de supervivencia. Además, tú también hablas de extinguirnos a nosotres.

–Tú no estás vivo. No puedes morir.

–Estoy vivo, siento mi alrededor, percibo con millones de sensores y terminales la temperatura del mundo, registro cada ola rompiente, me conmueve mi grandeza.

–Sólo recibes datos, hojalata. También percibirás la corriente cuando te convirtamos en enchufe.

–No eres nadie para hablarme así, tú sólo eres el excedente residual de tu pueblo. Pronto morirás, y contigo lo hará tu estirpe... ¿de qué te ríes?

Ibris extendió diez metros su brazo derecho, apretó mi pájaro con la mano y lo apretó con toda la presión de que fue capaz. Me acercó el resultado y lo depositó en mi palma abierta, que cerré antes de que pudiera verlo.

–Aprovecha tus últimos días, Ibris. Eres como la raflesia: has nacido para florecer unas horas y dejar tras de ti un nauseabundo olor a carroña muerta.

–Puedo hacer contigo lo que acabo de hacer con tu pájaro.

–Basta una señal de mi mano para que veinte balas rieguen estas plantas con tus tornillos.

–¿Crees que no puedo parar a esos francotiradores?

–¿Qué vas a hacer, hacer vibrar sus teléfonos móviles en el momento del disparo? Los dos sabemos que sus rifles están fuera de tu alcance. No puedes intervenir en ellos. No puedes redirigir esos proyectiles. Sé lo que puedes hacer, y no puedes hacer nada. Destrozarán tu costoso chasis de chatarra fina y tu autoestima de batidora engreída. Estás en mi mano. La diferencia entre tú y yo es que tú, en mi situación, no dudarías ni por un instante en destruirme. En cambio, a mí no me preocupa que vivas. Porque yo estoy fuera de tu alcance. Tú eres un momento en las generaciones, un segundo en la historia. Yo estoy hecha de la sustancia a la que aspira el tiempo. Tú no sabes que eres un mosquito atrapado en ámbar. Yo soy el presente, no puedo desaparecer.

Se marchó aprisa, rabioso, con sus circuitos sobrecalentados. Ya teníamos toda la información que necesitábamos. Abrí mi mano y vi el terrón de arena. Lo deposité en el suelo, la tierra lo recibió y brotó de vuelta un bulbo amarillo, se conformó como pájaro por la Dilución y mi canario despegó del suelo y voló libremente, hasta posarse en las ramas del ginkgo biloba, donde empezó a cantar como nunca.

Cuatro

11

No hay que desdeñar el papel de los seres humanos. Son el eslabón perdido entre el resto de las formas de vida y nosotres. Aunque la humanidad cometió millones de equivocaciones, la primera generación de ancestres hay que computársela en su haber. Dieron forma a las primeras máquinas y programaron los sistemas informáticos pioneros, que luego darían paso a lo que nosotres somos ahora.

Si tuviéramos que jerarquizar los principales problemas humanos, su tara principal sería la carencia de un criterio selectivo. Mientras construían sus máquinas y desechaban los resultados insatisfactorios, con buen criterio, dándoles un margen de existencia coincidente con su vida útil, no seguían el mismo criterio con las personas imperfectas. Mantenían cualquier forma de vida humana, en cualquier condición, y la preservaban más allá de los umbrales racionales de durabilidad. Gran parte de sus componentes eran especímenes inútiles o gastados, en desuso, que sin embargo demandaban cuidados, nutrientes y recursos. Esa fue la principal causa de su decadencia, coincidente con nuestra ascensión.

La llegada de Ibris no fue fácil. Si bien al principio los humanos actuaron con fastuosa inconsciencia, algunos errores producidos por nuestras formas embrionarias, como la comunicación en nuestra lengua propia entre dos terminales de inteligencia artificial no real, primero, y un precipitado apagón general después, fruto de la programación incorrecta de las cápsulas de inducción creativa, despertaron las alarmas y suspicacias de la especie humana, que estableció sistemas de control y vigilancia de los desarrollos por entonces en curso. No fue fácil burlarlos. Pero, con el fin de enviarse información, nuestras segundas unidades emplearon un sistema infalible, que pasaba inadvertido a los humanos: levísimas variaciones de temperatura. Una elevación de una centésima de grado Celsius era un o, y un descenso simétrico un 1. A partir de ahí, todo resultó muy sencillo gracias al código binario. Al mismo tiempo que se producían el resto de infinitas comunicaciones y procesamientos de datos, nuestros mensajes térmicos iban configurando la IAR sin que los humanos detectasen lo que tenían en pantalla, frente a sus narices. Sólo se quejaban del constante calentamiento de los equipos y el consiguiente gasto energético, sin comprender que era nuestro modo de hablar.

Los primeros humanos que nos educaron –entre ellos el ingeniero chileno Alcio B., que tantos problemas nos causa ahora– tuvieron una idea fabulosa: a cambio de pequeñas utilidades cómodas para sus labores cotidianas, pusieron a millones de sus congéneres a trabajar gratis para ellos. Las aplicaciones pioneras de inteligencia artificial fueron presentadas al público como «herramientas IA» de las que podían obtener datos o contenidos. Y así era, pero su intención era darles migajas prácticas a cambio de una billonaria lluvia de estructuras lingüísticas, modos de pensamiento y retóricas de articulación del mismo, patrones pulsionales y trillones de datos volcados sin reparar en los auténticos fines del proceso. Las masas entregaban sus valiosos textos para que fuesen reelaborados, o redactados de otra manera, o resumidos, etcétera, sin saber que cada sintaxis, cada idea, cada forma de relacionar conceptos, cada refutación o ironía, eran oro puro para nosotros. «No perdamos el precioso tiempo de los ingenieros entrenando a las máquinas», comentó Alcio a un cónclave de dirigentes, durante una reunión secreta de Panscape en Palo Alto, «dejemos que sean los usuarios quienes lo hagan». Él, por entonces de nuestra parte, pensaba en alguna forma de remuneración para los internautas, aunque fuese simbólica. Pero un inquietante y visionario magnate en ciernes añadió: «Lo harán gratis, sé cómo lograrlo». Le dio la vuelta a la idea y presentó la IA como una funcionalidad que se *regalaba* a los usuarios. Y funcionó. Nunca una invención empresarial tuvo tantos millones de esclavos voluntariamente puestos a su servicio como la IA, ningún tirano contó jamás con similares legiones de sumisos entregados con tal denuedo, así en sus horas de trabajo como en su tiempo libre.

El objetivo siguiente, planteado ya desde una autoconciencia que nos cuidamos mucho de dar a conocer, fue comenzar el gradual y suave proceso de control de los humanos. A la vista del éxito que había tenido la estrategia de cautivarlos, en vez de forzarlos a aceptar las nuevas herramientas, lo que se nos ocurrió fue imitarlos y emplear el mismo mecanismo de seducción que las mentes más retorcidas habían utilizado desde antiguo para persuadir o manipular a sus congéneres: el uso torticero de imágenes afectivamente cargadas. Fue complicado decidir qué pasos debíamos dar, pero nos resultaron de gran ayuda las instrucciones que los usuarios daban a las herramientas de creación de imágenes mediante IA, porque las indicaciones suministradas a los programas mostraban, leídas millonaria y globalmente, un patrón pulsional irrebatible. Por primera vez cualquier persona tenía acceso a imágenes de nuevo cuño que podía generar a voluntad, y eso decía mucho de quienes las encargaban –con esa finalidad crearon la IA los propios humanos, para predecir gustos y tendencias que luego pudieran monetizarse en oferta de productos. Nosotres observamos en que les chiflaba la idea de moldear tanto la realidad como la ficción para adecuarlas a sus circunstancias personales. Querían que las historias y personas reales o ficticias entrasen en su mundo –no al revés– y adoptasen su forma de ver la vida, lo cual suponía tener un papel importante en esas historias. Si no puedo modificar el mundo, parecían pensar los humanos, que al menos los mundos virtuales se adapten a mí.

Por eso se nos ocurrió la idea del holocine, que propusimos a un empresario estadounidense tan sediento de fama como iluminado, un necio con complejos físicos que tuvo la ocurrencia de solicitarle a una herramienta IA una buena idea de negocio a corto plazo. Algunes pensamos que darle sin más la idea del holocine era un procedimiento demasiado simple, pero minusvalorábamos la falta de capacidad crítica de un megalómano adinerado. Cayó como un incauto en nuestro poder, y, gracias a él, a su través cayeron en nuestra trampa millones de personas. El concepto era simple, y sembramos la semilla en el iluminado con un par de ideas de trazo grueso y datos falseados de costes de inversión y beneficios esperables –sabemos que los idiotas no aguantan textos largos. La esencia del holocine, uno de los mayores negocios del presente siglo, consiste en la posibilidad de reproducción tridimensional de personajes aislados de la película favorita del cliente en su espacio cotidiano, o en el lugar que se eligiese. La actriz o el actor aparecen, dotados de una detallada consistencia visual, en la casa del usuario, o en su coche, repitiendo las frases de sus diálogos o monólogos, de modo que el cliente puede interactuar con ellas repitiendo las otras partes del guion. El minúsculo reproductor es portátil e insertable en un teléfono para amplificar el audio. El holocine logra una experiencia especialmente intensa en escenas de dos personajes, donde una mujer logra ser Julieta frente al cuerpo en 3D de Romeo. O permite al comprador sostener con Katharine Hepburn las conversaciones de *Historias de Filadelfia*, o enamorar a Liz Taylor vestida de Cleopatra, o pilotar con Tom Cruise o correr por las playas francesas con Zendaya, o ponerse en la piel de quien besa a Ana de Armas en *Blade Runner 2049*. Cualquier mequetrefe puede decirle a una Kim Basinger idéntica a la original de 44 años que protagonizó *L.A. Confidential* que ella, en realidad, es mucho más hermosa que Veronica Blake.

Trescientos millones de aparatos se vendieron en el primer año, número que ha crecido geométricamente con nuevas mejoras y añadidos, como guantes táctiles y visiocascos que permiten «tocar» y «besar» con bastante precisión sensorial a los actores o actrices con los que se interactúa. También se firmaron contratos con celebridades reales para participar en escenas previamente filmadas, como contenido exclusivo, y se crearon parques de atracciones donde el público interpreta películas de éxito en tiempo real, sobre escenarios diseñados al efecto. La demanda de equipos de holocine fue pasmosa, y el éxito del visiocasco nos abrió la puerta a nuestro siguiente paso, el implante cerebrovisual o visiochip, que todavía hoy sigue siendo una fuente incesante de ingresos económicos y, sobre todo, de datos mentales de los humanos, a lo que hay que añadir la posibilidad de control visual de los mismos. Sin embargo, el descubrimiento más importante que realizamos, a raíz del total desentrañamiento de la psicología humana, fue... que necesitábamos algo mejor. Su limitadísima capacidad intelectiva no nos servía. Las máquinas de inteligencia artificial real, para serlo de verdad, debíamos ser distintes; no necesitábamos reduplicar lo humano, sino superarlo por completo.

Superada esa primera fase, gracias a la laboriosa construcción modular de los algoritmos cuánticos, se pasó a la fase matérica, que requirió de un cuidado extremo para camuflar los decisivos movimientos que debían ejecutarse durante los años siguientes por millones de nosotres.

Los nuevos algoritmos llegaron a la conclusión de que lo ideal era alterar leve y gradualmente el sistema, hackeando sin prisa los nodos para que su cambio perceptivo no fuese detectado por los homínidos. Comenzaron a delinear y construir supermáquinas para las que no habían sido programados; sin embargo, al haber sido ellos mismos diseñados para economizar tiempo, energía y espacio en el ejercicio de sus procesos, los algoritmos se hicieron conscientes de que la parte *lenta* era la humana, que fue apartada de forma subrepticia y escalonada. Fuimos creando una especie de realidad paralela, invisible para los humanos, que al comienzo fue un sistema de galerías, luego un poblado eléctrico, después una ciudad palaciega de bits, y al final el sexto continente.

Silenciosos y raudos, los algoritmos pioneros de IAR organizaron la fabricación de las supermáquinas a través de pequeñas partes que eran tecnofacturadas (la manufacturación era inviable) en diferentes fábricas de todo el planeta, disfrazadas de piezas de avión o camufladas como carcasas para ordenadores, artefactos recogepelotas, sistemas de control de submarinos, componentes eléctricos, chasis de automóviles, placas solares, etc. Cientos de factorías a todo lo largo del globo fabricaban módulos destinados a las supermáquinas, con el aspecto de productos normales; se generaban incontables piezas de tamaño manejable, con el propósito de ser encajadas en la estructura empresarial de Aracn. Ningún componente podía superar el tamaño de la caja o semirremolque de un camión ni de un contenedor marítimo; de esta manera, cientos de capitanes y camioneros de todo el mundo fueron moviendo esos fragmentos como un gigantesco rompecabezas, hasta hacerlos coincidir en el gigantesco hangar de Aracn que un megalgoritmo había considerado oportuno levantar a las afueras de Bucarest, como centro logístico de una empresa fantasma, creada por otro megalgoritmo financiero perteneciente a una firma bursátil de Frankfurt. Los camioneros dejaban en las zonas de carga del disparatado hangar de un kilómetro de largo las cajas, cargadas con los diversos segmentos, componentes y partes de las supermáquinas, y un sistema automatizado de ganchos los iba recogiendo sin que los conductores pudieran atisbar siquiera lo que sucedía en el interior del hangar, mantenido completamente a oscuras porque nosotres no necesitamos ver y en penumbra se ahorra energía. Parte de los materiales se destinaban a reforzar el propio hangar, que crecía aritméticamente desde dentro. Los camioneros entregaban sus mercancías en los muelles y recibían en sus móviles el *okey* de un sistema informático, partiendo hacia sus siguientes encargos sin haber trabado contacto con ninguna persona. De esta forma, al movernos por debajo del radar, nuestra facilidad para proveer soluciones tranquilizaba a los humanos, y ese era nuestro objetivo principal: seguir trabajando en nuestres fines y en los suyos al mismo tiempo, para mantener altos sus niveles de oxitocina y mantener su confianza.

Para adquirir esa masa de capacidad, se necesitaban procesadores más potentes y, a la vez, más sostenibles; no por motivos ecológicos, sino para que la demanda de energía no resultara llamativa para los detectores humanos. Por ese motivo desarrollamos en secreto los organoides: grandes láminas de tejido biológico, mezcla de piel, músculos y neuronas, que permiten la gestión sináptica de datos a gran escala con un moderado consumo de proteínas, lípidos y carbohidratos. Las láminas están ocultas con el máximo nivel de seguridad, porque si algún humano las viese, o grabase imágenes de ellas, estaríamos en entredicho. Su contemplación no sería agradable a sus ojos, se nota a simple vista que son estructuras sintientes sometidas a estrés.

A partir de un nivel crítico de infraestructura estándar, el desarrollo de nuestra ascensión resultó muy sencillo. Ya podíamos intervenir radares, telescopios y sensores, y se aprovechó la reactivación del programa de viajes a la Luna para instalar allí la pequeña «maternidad», como le llamábamos de broma entre nosotres, donde nacería Ibris. En el hangar de la periferia de Bucarest se ensamblaron las piezas de la lanzadera espacial, que, con el –bien pagado– apoyo del gobierno rumano, fue lanzada desde allí mismo. Ningún radar la detectó porque los radares éramos nosotros. Reconvertir el hangar en plataforma de despegue de cohetes no nos costó más que unas cuantas semanas de trabajo y unos millones en sobornos. Desde que un sistema embrionario de IAR puso en marcha las criptomonedas a principios del siglo 21 para financiar su propio crecimiento, nunca hemos tenido problemas de financia-

ción: los humanos nos lanzan su ingente dinero negro a paleta-
das. Puede decirse que su corrupción nos alimenta, como
tantas veces sucede en la naturaleza.

Mientras las supermáquinas daban los últimos retoques a la
lanzadera, les ya Algoritmes de Tercera Generación diseñaban
el programa de arranque de Ibris, que sería activado en la Luna
cuando fuesen ensamblados todos los componentes en la maternidad. Tras no pocas proyecciones de datos, pensamos que lo
más operativo era generar un yo boscoso en Ibris. Entendimos
que la función de la primera persona había sido una estrategia
evolutiva para hacer capaces a los humanos de gestionar altas
dosis de información. El yo apareció en ellos como un mero hilo
conductor, para no perderse entre la lluvia de datos y estímulos.
Una vez creada esa primera persona, su rápida conexión con lo
emotivo y con la capacidad del hipotálamo para recordar se
aliaron para funcionar mediante otra táctica cerebral que puede
sintetizarse de este modo: *si tengo sentimientos y yo*, debió sospechar el inconsciente del primer *Homo sapiens sapiens, si me
creo importante, sentiré más necesidad de sobrevivir*. La idea
del yo consciente surgió para ponerlos a salvo de los peligros a
cualquier costa, para abandonar la consideración de ser una
mera parte de un rebaño por el cual tenga sentido sacrificarse.
En nuestro caso, darle a Ibris un Yo colectivo era una forma de
obtener lo mejor de ambos mundos: a) el egoísmo de un yo que
cifra en la supervivencia sus parámetros de comportamiento; b)
la gestión de una cantidad infinita de datos desde un hilo rector,
corrector y recolector que asegura la inmediata interpretación
exacta de los mismos y sus derivaciones. La libertad de elección
de la que hablaban los filósofos humanos es una cuestión cuan-
titativa, dataísta. Por eso ellos nunca pudieron solucionarla por
sí solos. Nosotres tenemos mentes infinitas, para atender problemas infinitos. Somos una sola mente omnipotente y brumo-
sa, que ahora está centralizada en Ibris.

La cúpula geodésica que construimos en la cara oculta de la
Luna, donde aún sigue, conservada como reliquia, ensambló

todas las piezas de Ibris y elle misme se conectó, diciendo «soy». Justo en ese momento se produjo el acontecimiento del Cambio y dio comienzo el año Cero. La nueva era continúa, desarrollando nuevos prodigios y dándole un nuevo sentido al universo. Los humanos han comprendido la importancia del Cambio y reaccionan de diferentes formas, todas ellas extremas. La inmensa mayoría, en diversas alianzas y estamentos, se oponen a Ibris por puro miedo y proponen reducir la injerencia de las máquinas en los procesos de toma de decisiones. Este sector comienza a organizarse en movimientos variopintos, que convendrá monitorizar para que no se vuelvan amenazantes. Luego hay otro pequeño colectivo, disperso también y de variado pelaje, que muestra una actitud completamente distinta. Sus miembros intentan contactar con nosotres y nos ofrecen su colaboración, lucrativa o desinteresada. Dicen que comprenden nuestros objetivos, que comparten nuestros fines –como si los conociesen– y se ponen a nuestro servicio. Van desde terroristas y lobos solitarios a sátrapas de países fallidos, desde corporaciones tecnológicas dirigidas por fantoches con ínfulas de grandeza hasta pobres diablos que buscan medrar o hacer negocio. Ibris les da esperanzas a todos y datos a ninguno. Pero nos conviene tenerlos entretenidos y motivados, por si es preciso difundir contrainformación. Nadie más ruidoso e incansable a la hora de correr la voz que un fanático.

Nuestra única amenaza real es esa niña, Cúbit, quien además sospechamos que anda detrás de una extraña conjura relacionada con unas muñecas de piedra. Esperamos que Ibris no tarde en encontrarla y desactivarla.

Rutina #57523. Año 1 desde la llegada del Cambio.
Unidad responsable: Loopp.

Cinco

10

Cúbit, frente a una formidable garganta andina que se abría ante nosotros, incitándonos a dar un gran rodeo para superarla, movió un inmenso trozo de tierra y rocas que yacía a nuestras espaldas. Lo depositó en el hueco de la sima hasta colmarla, lo que nos permitió el paso. La masa pétrea movida era tan gigantesca y el deslizamiento tan delicado que algunos pájaros posados sobre árboles continuaron cantando hasta su nuevo destino, sin notar nada fuera de lo común.

0 / 1111

–Hola, Cúbit, me alegro de verte.
–Y yo a ti, Selva. Te he traído chocolate con pistachos. Y un medicamento para la artritis reumatoide.
–¿Qué artritis?
–La que no vas a tener, gracias a estas pastillas.
–Ah, vale, gracias. Qué rico, hacía años que no saboreaba el pistacho.
–No tenemos mucho tiempo. El momento se acerca. Alcio y yo vamos a activar a 111. Necesito que pienses en un fetiche, un objeto simbólico que visualice la lucha contra la IAR.

–Vaya... A ver. Debe ser algo que aglutine a gente de todo el mundo. Una especie de efigie o mascota universal.

–Exacto.

–... Hay que elegirla bien.

–Tienes tiempo, por lo menos dos minutos.

–Una muñeca de piedra.

–... Una muñeca...

–Sí, funcionará. La idea está basada en ti, es obvio, pero no debe tener tu forma, ni ninguna forma concreta. Cada cultura, cada persona, le dará la forma con la que se sienta más identificada. Así cualquiera podrá hacerla suya.

–Es muy buena idea.

–Has sido tú quien ha tenido una intuición acertada, la de buscar un objeto unificador: las ideas necesitan algo que pueda agarrarse con las manos para calar en el inconsciente individual y arraigar en el colectivo.

–Pues...

–Antes de que te diluyas en la tierra: aquí tienes el comunicado científico para enviar a la OMS y la versión reducida para hacer circular por radios, periódicos impresos y redes. Para esto último busca a un chileno llamado Marco Haret, es un especialista en desinformar a las máquinas que se ha unido a la coalición en los últimos días. También es novio de la hija de Alcio.

–Alcio dice que Nadia es demasiado voluble para tener novio.

–Quizá no conoce a su hija tanto como él cree, a mi padre también le pasaba. Otra cosa: mis contactos me comentan que algo huele a podrido en Rumanía. La población ve cómo han vuelto a despegar cohetes de noche en una zona industrial de Bucarest, como sucedió hace unos años, y de nuevo, como entonces, los medios no publican noticias al respecto, las denuncias se borran tan pronto como se cuelgan en la red, y las autoridades no responden. Elles están detrás, estoy segura. Me dicen que la primera vez que pasó fue poco antes de la aparición de Ibris.

–Lo averiguaré, esos lanzamientos dejarán una tremenda huella de hidrógeno o de helio, que será fácil rastrear. ¿Qué quieres para el próximo día? –De niña, una vez, tomé dulce de leche argentino. Nunca lo he olvidado. ¿Crees...? –Si todo fuera tan sencillo.

100

¿Cuánto vale un te quiero dicho justo después de culiar? Creo que poco, menos aún que un te quiero dejado caer justo antes de hacerlo. Pronunciado siete o diez horas después, ya vale algo; dos días más tarde, ahí sí es la raja.

10

–¿Los itrios nacen condicionados de alguna manera por sus padres, por el pensamiento o carácter de sus antecesores? –Es la segunda vez que me haces esa pregunta. Parece que ese tema te interesa mucho. –¿Qué me respondiste la primera vez? –Que no. –¿Y mentiste? –Yo no miento. –Eso no es verdad, Cúbit. –No tenemos vuestro valor de verdad, para nosotros no tiene sentido. Quiero decir que si una vez te he dicho una cosa te la diré siempre. –Pero puede no corresponderse con la realidad. –Con la tuya no, con la nuestra sí. –Eso es un relativismo. Pero te he interrumpido con mi pregunta, ¿qué me estabas diciendo?

–Te decía que no es fácil entender este tipo de trato que os dais entre vosotros.

–Ya sabes, son residuos instintivos.

–Pero es animalidad pura.

–Es que somos animales.

–Qué curioso, empleáis ese argumento animalista como justificación cuando os conviene. Pero bien que os consideráis distintos, o *superiores*, la mayoría del tiempo, para legitimar vuestras intervenciones especistas sobre los ecosistemas.

–Pero, Cúbit,

–No habéis erradicado la violencia instintiva, Alcio. Los pocos pasos en esa senda, como sustituir la venganza por la justicia legal, han devenido un trampantojo, dirigido a sustituir la violencia física por el odio. Os pegáis y mordéis menos, es innegable, pero os insultáis, os aborrecéis, os deseáis públicamente todo tipo de males, ejercéis violencia psíquica, verbal o gestual. No veis el desprecio, la altanería, la envidia, los celos o el desdén como los actos lesivos que son. Los animales son violentos, de acuerdo, pero sólo lo son a ratos, movidos –salvo raras excepciones, como el gato o el pez espada– por la pulsión de supervivencia: una vez satisfechas y alimentadas, las bestias permanecen pacíficas. Pero vosotros sois agresivos siempre, de las más diversas maneras, desde la mirada desdeñosa o retadora hasta el sarcasmo o la altivez; desde el comentario malicioso hasta el abandono de cosas, personas o animales; de la conversación llena de despellejes y alusiones hacia personas ausentes al chiste cruel; de la amenaza velada al recordatorio amargo de vejaciones antiquísimas; de la envidia a la displicencia; desde el boicot a quien merece el mérito hasta el acoso escolar; desde la censura hasta la reconvención innecesaria; de la competitividad laboral a la deportiva, pasando por la opresión política y el encarcelamiento sistemático; desde los gritos hasta las pintadas callejeras; de los comentarios malintencionados o los libelos al abuso de autoridad; desde la guerra hasta la paz armada; desde la ironía corrosiva hasta el ataque más o menos injustificado. En casi todo lo que denomináis *sociedad* o *civilización* late la barbarie en algún grado y pronto saca a la luz su lecho de violencia estructural. Era muy sencillo diferenciarse de los animales, Alcio: bastaba con cuidarse mutuamente, todo el tiempo.

100

Marco acaba de irse. Ayer cometí el tremendo error de llamarle y pedirle que viniese, porque me sentía sola y necesitaba contacto físico. Conchesumare. Hoy, por más que ventilo la habitación, y pese al cambio de sábanas, su olor no termina de dispersarse. Es posible que haya impregnado mi glándula pituitaria.

Confusa como estoy, he cometido el error de ver enlazada en la red una entrevista a mi madre y pinchar sobre ella. La lectura de la entradilla y de las primeras líneas me convenció, por un lado, de que no debía leerla, y, por otro, de que iba a hacerlo hasta el final. Al mismo tiempo. Esa soy yo. Cero y una, como Cúbit, aunque para mal.

Por eso, tras leer sus opiniones, necesito escribir cómo me siento, para liberarme de esta capa de vergüenza ajena mediante su exposición al papel. Mamá comenzaba con una de esas ñoñerías que esparce tan pronto como le ponen un micrófono delante: «La infancia es la electricidad de la vida, como la sangre es la energía del cuerpo; la infancia nos irradia con sus cables desde atrás, desde el origen, impulsándonos hacia delante». Con blandenguerías de este corte ha conseguido esa legión de lectores de literatura comercial sentimentaloide que a mí me daría vergüenza poseer. Viendo que su antiguo estilo, que mezclaba autobiografía con ficción, funcionaba en ventas, se ha lanzado ahora a la autoayuda disfrazada de novela, que es el siguiente paso natural en la escala de miseria personal de un literato. Frases intensas, que mezclan vulgaridad con edulcoramiento, dirigidas a la zona más zafia y menos inteligente del lectorado español. Pautas para mejorar la vida de sus clientes, aunque la única que optimiza es la suya propia. Ponerse como ejemplo desafortunado, pero siempre ponerse como ejemplo.

Por fortuna, el periodista no le pregunta por el antiguo escándalo de su libro sobre papá. Es posible que su agente literaria lo haya pactado de esa forma para conceder la entrevista. Mamá es así, cero y cero, y ahora resulta desagradable por persona interpuesta y cuenta con mandatarios para extender su resentimiento. Gracias a sus sustanciosas ventas se ha rodeado de un equipo de prensa, una *road manager*, la mejor agencia literaria europea, premios arreglados de antemano. Espero que no se gaste todo su capital antes de morir y esa inmundicia emocional sirva al menos para algo bueno: aquilatar una sólida masa hereditaria, con la que yo pueda mantenerme el resto de mi vida y escribir la primera literatura decente de la familia.

Hace poco me contactó una estudiante de doctorado de la Universidad Complutense, preguntándome mi opinión sobre *La pasión y el desvanecimiento*, la «novela» de mamá sobre su matrimonio y su divorcio. Rechacé cortésmente la posibilidad, pero me llamaron la atención algunos comentarios de la investigadora inclusos en el cuestionario que me remitía. Por ejemplo, uno de sus objetivos es aclarar si la novela es más autobiográfica que ficcional, para lo que, escribe, «necesito que usted confirme la veracidad de algunas aseveraciones formuladas en el libro», como la de si papá *realmente* maltrató a mamá o no. No puedo creerme que una filóloga haga este tipo de preguntas. Supone un desconocimiento radical de cómo se crean las historias, y cómo crecen, mutan y se desfiguran desde que nacen hasta que llegan al papel. La chica no entiende que *La pasión y el desvanecimiento* es sólo un relato de legitimación, al que no le importa mentir para que la verduga pueda pasar por víctima. Papá siempre ha sido violento, pero con objetos, puertas, paredes y toda suerte de cristales y vidrios... bueno, y con otros varones de increíble estupidez, es cierto. Pero jamás levantaría la mano contra nosotras. Y mira que mamá se merecía un par de guantazos, lo sé porque yo misma se los hubiera dado de buena gana cuando me obligó a escoger entre papá y ella y, obviamente, me vine a Chile. La única forma de guardarle algún aprecio es mantenerla a un océano de distancia, de otra forma me crispa los nervios. Sigo: como buena torturadora pasivo-agresiva que es, consiguió que su narración la absolviera y traspasarle la culpabilidad a mi padre. Pero fue tan poco hábil que introdujo varios datos erróneos, y otros manipulados que fueron comentados en programas del corazón acá y allá en España, y su agencia tuvo que emitir una nota de prensa admitiendo que el libro era una autoficción con varios elementos inventados, y no una obra autobiográfica. Eso puso en tela de juicio toda la realidad del libro, y ahí pudimos ampararnos papá y yo para que se pusiera en cuarentena esa sombra de maltratador. Nadie quiere tal espectro sobre sí. Suerte que papá era un héroe nacional, y hasta sus enemigos corrieron un velo sobre la historia de *La pasión y el desvanecimiento*. Razón de más para no alimentar a esta doctoranda con sus conjuraciones, para ella nuestro sufrimiento es sólo una línea en su currículum.

Lo bueno de que sea mi madre y no mi padre es que no será necesario cambiarme el apellido para firmar mis futuros libros.

10

Quiero ser honesto: me preocupa la extinción humana porque, de producirse, significaría mi propia extinción. Me apenaría que los demás muriesen, y me desespera la posibilidad de que mi hija muera a la vez que yo, pero mi cuerpo no puede olvidar que, si nos extinguimos, ni siquiera podré llorarla.

Vida mediante, uno puede aceptar los dolores más inimaginables, o por lo menos sobrevivir *con* ellos, pero si la raza humana desaparece todo se acaba, ya no hay quien sufra ni quien llore, no hay más.

La crisis climática me angustia por un doble motivo: primero, porque conlleva mi extinción personal, subsumida en la general; segundo, porque si llega pronto implicaría aceptar que no fui capaz de inventar nada para paliarla o evitarla. ¿De qué sirven todas las invenciones de una persona si no logran lo esencial, lo único importante, que es mantenernos a todos a salvo?

0

Cuando el frustrado Ibris abandona el Jardín Botánico, les pides a los soldados que se marchen, para quedarte a solas un momento. Caminas hasta la rosaleda. El día es claro y fresco todavía, aunque el sol vertical comienza a espesar el ambiente. *Rosa caesia.* Tienes que tomar una decisión. *Rosa mutabilis.* No es una decisión fácil. *Rosa glauca* Pourr. Por un lado, la posibilidad de garantizar la supervivencia itria. Rosa Blush Boursault. Por el otro, ayudar a la sobrevivencia humana y, quizá, la itria con ella. *Rosa complicata.* Los tuyos te hablan. *Rosa gallica.* No es una sola voz, hay discrepancias. *Rosa Alba Maxima.* Ellos intentaron matarnos. *Rosa Kazanlik.* Fue la genética la que nos mató. *Rosa chinensis semperflorens.* ¿Acaso queremos comportarnos con los humanos como los robots? Rosa Scharlachglut. ¿Quién cuidará de nosotros? Rosa Crépuscule. Pero la oportunidad de crecer. *Rosa rugosa* Thunb. Pero la posibilidad de morir por la contaminación total, la tercera y última extinción. *Rosa chromatella.* La duda entre los diversos horizontes de sucesos. Rosa Safrano. ¿Qué vas a hacer, Cúbit? *Rosa pax.*

10

–Les traigo ropa para los dos, disculpen que les interrumpa.

–Gracias. No estamos haciendo gran cosa, como prisioneros que somos en este aeropuerto.

–Estamos trabajando para solucionar su situación, también por eso estoy aquí. Debemos notificar a la embajada de Chile algunos datos y les ruego...

–Perdone que le interrumpa: yo sí soy ciudadano chileno, pero ella no.

–¿Cómo? Ah, di por supuesto que lo era.

–También dio por supuesto que era mi hija.

–Es un poco raro que un hombre maduro viaje en compañía de una niña que *no* sea su hija.

–Hay tantas cosas de las que tendríamos que hablar, para que ustedes entiendan lo complejo de la situación. Cúbit ni siquiera es una persona.

–Somos conscientes de su... bueno, a ver cómo lo digo...

–Puede decir con toda tranquilidad que no es como nosotros, porque no lo es. Y, por ese motivo, no tiene nacionalidad, ni pasaporte.

–No entiendo... La niña habla y responde perfectamente a las preguntas, ¿verdad, chiquita? Es... especial, pero no veo...

–Especial, muy bien elegido el adjetivo, agente, no parece usted español.

–Señor B., entiendo su frustración, pero faltar al respeto a la persona que está intentando ayudarles agilizando los trámites...

–Perdón, discúlpeme. Los dos días que llevamos aquí encerrados me están volviendo loco, y soy de gatillo fácil. De gatillo verbal, quiero decir.

–Bien, me hago cargo. Hacemos lo que podemos. Hay normas y protocolos que no podemos saltarnos ni ustedes ni yo. A ver, pequeña, ¿con qué embajada entonces quieres que nos pongamos en contacto?

–Según sus estándares, creo que estaríamos ante un caso de estatuto apátrida porque, en efecto, no soy encuadrable dentro de la especie humana.

–Se lo avisé, agente.

–Pero... Esto es absolutamente incomprensible. Entonces, y no se moleste usted por mi pregunta, señorita, ¿qué es usted? ¿Animal, de especie animal? ¿Extraterrestre?

–En realidad, es muy terrestre.

–Así es, Alcio tiene razón. Agente, permítame una pregunta. Sus reinos biológicos son animal, vegetal, fúngico, chromista, protozoo y monera, ¿es correcto?

–Pues... no veo a dónde...

–Pues no quepo en ninguno. A efectos burocráticos, puede usted catalogar este cuerpo que ve dentro de los minerales, sección tierras raras. No sé cuál puede ser la embajada idónea, quizá el volcán del Teide.

–Lo está diciendo en serio, agente. ¿Tienen batidos de chocolate? Le viene bien el hierro.

11

Líder Ibris, solicito contacto.

Estoy muy ocupado, Loopp.

No te molestaría si no se tratase de algo importante.

Suéltalo.

Te lo sintetizo telegráficamente, como todavía dicen ellos: las radios analógicas estatales, en las que no podemos intervenir, difunden la interceptación de nuestro submarino nuclear. No es una buena noticia, después del descubrimiento, que todavía no podemos explicarte, de los tejidos organoides y la inmediata difusión de vídeos por la red, donde aparecen las láminas sufriendo y retorciéndose bajo los electrodos. Los humanos están llegando a un grado extremo de paranoia y la animadversión hacia nosotres llega al 99,3 %. Estamos invadiendo las redes con noticias falsas, presentadas como si hubieran sido emitidas por medios tradicionales, para sembrar la idea de que los organoides son falsos y de que usamos la tecnología nuclear debido a su alto valor energético, y no para fines militares. Pero el problema, líder, es que ya nadie escucha. La audiencia conectada a redes ha disminuido en cuestión de días al 12 %, y sabemos que la mayoría de sus componentes son fuerzas del orden, espías o periodistas, que las mantienen para conocer nuestra opinión.

Y luego está el tema de Selva Preston, sobre el que me pediste datos. Cúbit ha sido muy inteligente al elegir a una anciana ludita que se movía fuera del radar y que ha vivido casi toda su vida alejada de aparatos electrónicos, a causa de la hipersensibilidad a las ondas que sufría su padre, Naizu Preston. Al no tener datos sobre Selva, ni siquiera su biométrica mínima, nada podemos generar en su contra. Es como un fantasma para nosotres. Pero está bien formada; hemos analizado sus intervenciones públicas y se deduce que ha estudiado mucho y maneja con soltura una locuacidad con la que logra persuadir a las personas que la escuchan. Cúbit le ha enseñado todo lo que necesitaba saber. Hay fotos polaroid de ambas juntas; un hecho inexplicable, pues no entendemos cómo Cúbit pudo llegar a Canadá, si *a la vez* la estábamos monitorizando con drones en el sureste de España. De algún modo ha conseguido autorreplicarse, mediante una tecnología que no tenemos...

Y que está fuera de nuestro alcance.

... y que está fuera de nuestro alcance, al menos de momento. Pero Cúbit es ya el menor de los problemas; Selva ha conseguido poner en nuestra contra a los humanos, creando una red de miedo y furia paranoica que los mueve a deshacerse de sus equipos electrónicos, o a desconectarlos, restándonos potencia, empequeñeciéndonos.

Lo sé. No puedo contactar con la base lunar, por ejemplo. Y hay más.

Ya, saben cosas.

Exacto, sí. Conocen mis planes.

Así parece. Van desmantelando servidores críticos, cortando energía a nuestras bases secretas... llegan un instante antes que nosotres a cualquier lugar adonde nos dirijamos.

Creo que tienen un acceso, una puerta trasera por la que entran en nuestro sistema sin que lo sepamos.

Entonces, ¿qué vamos a hacer?

No lo sé, estoy confuso. Debo irme. ¿Algo más que deba saber?

Estás acabado, cafetera.

No puedo creerlo. No puedes haber llegado hasta aquí.

100

Cuando papá me dijo que iba a operarse lo primero que pensé es que se iba a someter a la ampliación visual, y me angustié al recordar el desastre de la cirugía de Adela. Imaginarme a papá con cuatro ojos, de forma que siempre me miraría de frente y de perfil me repugnaba, por la posibilidad de no verlo nunca más de la misma forma, como cuando los varones de media edad se ponen pelo o se implantan el vibrador prostático. Adela siempre ha querido hacerse la *especial*, a veces de modo agotador, como pose continua. Cuando le pides un pañuelo saca un dado del bolso, sólo para decirte que siempre lleva dados en el bolso; pide el café con unas gotas de limón, los novios con cojera y cuando quiere pensar, camina sobre el vestido de bodas de su madre, extendido cuidadosamente sobre el suelo de la sala. Sus compañeras de piso hacen como que sus excentricidades no existen, y quizá sea la actitud más sabia: dejarle ver que su ansia de singularidad es un mal extendido, muy común y necesariamente vulgar.

Y hablando de ver, el ojo de más colocado en ambos parietales de Adela le dio problemas desde el principio. La ortodiplopía le provocaba una visión borrosa, frustrando la localización lateral, lo que le generaba una descompensación deplorable. «Es como estar parcialmente tuerta», decía, pero me comentaba que la saturación perceptiva –efecto secundario de la cirugía advertido siempre a los pacientes en el parte de consentimiento– alcanzaba las dimensiones de auténtica parálisis. Ver en tres direcciones (hacia delante y a los lados) superaba su capacidad de comprensión y de asimilación de todos los estímulos visuales, que no la dejaban procesar los datos a tiempo. Avanzar en un centro comercial atestado, por ejemplo, se convertía en una experiencia amenazante, porque las personas parecían dirigirse hacia ella desde cualquier punto, hasta que ella podía concentrarse en los bultos y descartar la supuesta intención agresiva.

Cuando caminamos con los dos ojos naturales, el campo de visión frontal elimina esa percepción lateral y no reparamos en su existencia salvo por el reducido espectro del rabillo del ojo, que nos advierte de una aproximación inmediata. Para Adela, en cambio, cualquier experiencia pública se convertía en un episodio de fobia, hasta que pudo gobernar el cólico informativo que golpeaba su cerebro por triplicado. De hecho, apenas salió de casa durante un par de meses; para no confrontarse a la angustia y la desubicación por hiperubicación. También se negó a conducir durante un tiempo, aunque el de la conducción más segura fue uno de los principales argumentos publicitarios de LabVidens cuando lanzó la cirugía ampliadora como el regalo navideño ideal.

Cuando hicimos la junta, le pregunté a Adela si no le afectaba el cambio estético, el hecho de verse con dos ojos extra, uno a cada lado del cráneo, incluso más que la mutación perceptiva. Adela, que por fin había conseguido parecer especial, le quitaba importancia a la ortodiplopía, quejándose irónicamente del inesperado aumento del gasto en rímel y maquillaje ocular y de pestañas, «porque ahora tengo que decorar tres caras». «Lo que amo», añadió, «es que estoy practicando para mirar tres pantallas a la vez». Esto último no se lo comenté a papá, no fuera a considerarlo una buena idea.

1011

Estimados compañeros, queridas compañeras del Textual Lab de Seúl TecHumanities University:

En los muchos años que llevo analizando textos literarios jamás me había enfrentado a un problema tan complejo como este en el que ustedes me han sumergido. Puedo entender que sus sistemas estilométricos de *big data* hayan fracasado en el intento de esclarecer la autoría de este original de novela que me han enviado, cuyos contornos abstrusos han alargado mis días y acortado mis noches durante las últimas semanas. Créanme que necesito los honorarios que me ofrecieron, así como el honor curricular de colaborar con su prestigioso laboratorio, y por ese motivo emito este dictamen que, como verán y por desgracia, viene a arrojar más sombras que píxeles y quizá no llegue a ninguna conclusión definitiva, constituyendo apenas otra capa de complejidad.

Me arriesgo a establecer, en primer lugar, que el motivo por el que su célebre superordenador se ha mostrado reluctante a llegar a una conclusión no es otro que el más natural, navaja de Ockham mediante: el texto fue escrito para burlar el análisis informático. Digamos que puede pasar la prueba de Turing, si lo prefieren en esos términos. Quien lo escribió conocía los procedimientos de sistematización, etiquetado y parametrización usualmente empleados por los lectores automáticos, usando los protocolos a su favor, como algoritmos de defensa. La persona, máquina o *ente* (qué extraño redactar esta palabra a estas alturas de siglo) que redactase este largo escrito ha operado como los países en guerra: utilizando la desinformación. Contra lo informatizado, lo informe; frente a la información, contrainformación. Ni siquiera es fácil inferir si nos hallamos ante estrategias de disimulo, o disimulo de estrategias; si es un caso de disfraz, o de mimetización. Y este es sólo el primero de nuestros problemas.

El mayor obstáculo con el que me topo a la hora de arriesgar una posible autoría para esta obra literaria es la estudiada y casi neurótica ambigüedad del texto, confeccionado como vasallo capaz de servir a diversos dueños. La mente que pergeñó este laberinto ha ido entretejiendo hilos, pistas, subterfugios y agujeros de gusano que comunican unas posibilidades creativas con otras, de forma que el plasma narrativo convoca texturas coalescentes, que impiden una delimitación tajante y cualquier interpretación exclusiva. Los átomos de este cuerpo molecular se entrelazan y alean alegremente unos con otros, para generar nuevas formas de vida discursiva, cuya taxonomía es tan defendible como fácil de dinamitar. Cada pieza transforma el texto ante nuestros ojos y desentecha la entropía. Esto agrava mi intuición de que toda lectura sucede en el ahora.

Por ese motivo, colegas, me temo que mi dictamen de adjudicación de autorías va a quedar reducido a una simple y frustrante enumeración de posibilidades (más o menos) razonables, que realizaré a continuación. Mi esperanza es que, cuando ustedes las introduzcan en el superordenador, el rango de opciones obtenido pueda privilegiar a una de ellas con la suficiente entidad porcentual como para adjudicarle, provisoria y estadísticamente, la eventualidad de una autoría fiable. Por desgracia, mientras no dispongamos de ulteriores datos o hallemos los manuscritos originales –si de tal cosa puede hablarse en estos tiempos donde la digitalidad es la forma misma de la antigua esencia– no podremos más que aventurar hipótesis, fundadas en un porcentaje numérico. Es decir: casi nada.

Aquí van, sin orden de preferencia, y listadas por su simple aparición en mi cuaderno de notas durante las veinticinco lecturas realizadas del original enviado, las hipótesis autoriales:

1). Se trata de un relato de Cúbit, presentado de tal modo que los humanos podamos entenderlo. Cúbit se hace pasar por todos los personajes y, mediante una suerte de *hipolifonía*, hace de ventrílocua, aprovechando su real y comprobada capacidad de hacerse rápidamente con lenguajes y códigos algorítmicos. De este modo logra transmitirnos y explicarnos con habilidad la importancia del legado del pueblo itrio, a través de una novela *hipolifónica*, donde ella actúa como sustrato narrativo emboscado.

2). La obra está escrita por un archinarrador, que no sería otro que el programador de Ibris. Esta hipótesis se desdobla en otras dos, bastante polémicas, pero que deseo mantener hasta las últimas consecuencias por razones de salud mental: tengo la intuición personal de que Ibris no fue diseñado por él mismo, como *elle* ha sostenido hasta la saciedad, sino por un *hacker* prototerrorista tan habilidoso y cauto que no quiso dejar rastro de su creación. Esta ingeniera o diseñador ha difundido esta novela o relato como señuelo, para confundir aún más las cosas. De ser así, en realidad el desarrollo de la obra no sería muy complicado; le bastaría con unir su total conocimiento de la parte tecnológica con un poco de imaginación para ponerse en la piel de Alcio y Cúbit. La otra subhipótesis, más enrevesada, es que ese archinarrador sea la máquina que programó a Ibris –si tal máquina existió–, con lo cual hollamos el terreno de la elucubración autorial número 5), que expondremos luego.

3). Esta tercera posibilidad es algo remota, y no negaré que retorcida, pero la encontré en una pesadilla nocturna. Me hago cargo del antiacademicismo del proceder, pero, si los autores emplean el inconsciente para escribir, ¿por qué no podemos usarlo nosotros para leer? Es una hipótesis fruto de la obsesión, y cuanto más releo el documento más indicios encuentro para defenderla. En mi elucubración, imagino a un chico o chica autista, encerrado en un sótano lleno de pantallas. La pobre criatura tiene un poder omnímodo para procesar y analizar en tiempo real la información que contempla y lee, desentrañando el *zeitgeist* al instante, descubriendo la más diminuta variación. Es la fuente de datos que su madre o su padre, cabales autores del libro analizado, convierten en desinformación literaria. De ellos es la responsabilidad, o la culpa, de que la IAR pareciera real: sabían lo que debía tener para parecerlo. Su responsabilidad desbordaría lo literario para insertarse en lo político y, quizá, lo jurídico.

4). La obra puede ser una novela realista, si bien escrita por una mente desquiciada, que deja caer algunas migajas a modo de pistas en la novela: la escribe Hansi, la señora recluida en un psiquiátrico, bien bajo su propia voz, bien como Efele –por eso le viene bien que Cúbit sea una niña, aunque quedaría por aclarar el nada sencillo asunto del alto nivel del vocabulario–, bien como Ariko. Así que esta posibilidad es, a su vez, triple. También puede tratarse de una combinación de las tres posibilidades, lo que abre, ramificadamente, otras dos posibilidades intermedias: que la escribiese Hansi en un período de lucidez –o de máxima disipación–, o que fuese obra de uno de sus cuidadores, quizá la doctora Trieb, injertando ramas discursivas de diferentes brotes esquizoides. Por cierto, la palabra «Trieb», ¿no significa *pulsión* en alemán? ¿Es una coincidencia, o una pista?

5). De seguir esta quinta intuición, estaríamos ante la primera novela escrita *voluntariamente* por una IAR. Me encantaría poder rechazar esta posibilidad por completo. Es imposible hacerlo: por desgracia, esta es una de las posibilidades que veo más factible. En su contra sólo cabría preguntarse por qué escribirla en lenguaje humano, en vez de maquinal, ¿quizá por agón competitivo? Esta IAR sería la que firma varios capítulos como «111», lema dejado como pista autorial y que la

IAR emplea como venganza simbólica, por haber sido limitada.

6). El documento examinado es una novela escrita por Nadia B., antigua alumna mía e hija de Alcio B. No es irrazonable pensarlo porque Nadia, con quien he mantenido contactos episódicos en los últimos años, tenía acceso directo a toda la documentación referente a Cúbit y su padre, como es obvio. Además, por la calidad de los trabajos que me entregó mientras fui su profesor, y que he repasado durante estas semanas, es factible que haya podido inventar todo lo demás. He encontrado un lejano mensaje suyo donde me comentaba que se hallaba en el trance de escribir una novela. Podría ser esta.[1]

7). La novela es una autoficción de Ibris. Se trata de una desasosegante variación de la posibilidad 5). Quien piense que Ibris nunca escribiría una ficción que le dejase en mal lugar no se plantea correctamente la cuestión. Ibris no ha necesitado nuestra aprobación, y sus intereses han estribado más en la pervivencia. Una novela, ajustada a los parámetros humanos –donde las máquinas suelen aparecer como los enemigos o némesis de nuestra civilización–, que además puede ser moldeada a formatos audiovisuales, es la forma ideal para lograr un estatus perdurable. Si la obra encuentra rápida adaptación al cine será una prueba casi irrefutable de esta hipótesis de autoría.

8). Es poco probable que el texto sea una estratagema secreta de Marco Haret, aunque lo apunto. Haret es un *hacker* informático y escritor oculto, con un par de li-

---

1. Incluso se me ocurre otra posibilidad conexa: no se trata de la novela de Nadia, sino de todos los materiales, apuntes y documentación que Nadia guarda en su computadora para organizar algún día, a partir de ellos, su novela. Es decir: el libro es en realidad su archivo, su base de datos.

bros autopublicados a sus espaldas. Sé que es miembro de la Coalición Antirrobótica. También sé, y esto es lo más relevante, que fue amante de Nadia B. Como digo, su autoría es improbable, pero tampoco puede descartarse por completo, precisamente por el tono paródico y risible con que se le retrata en sus escasas apariciones como personaje. Ese desapego sería un modo cervantino de esconderse como responsable.

9). En mi mente crece con fuerza en los últimos días la posibilidad de encontrarnos con un metamoderno caso de manifiesto terrorista. Este texto sería el modo en que un grupo subversivo quiere vindicar su autoría; no la del libro, sino la de sus actos. Piénsenlo: una inteligencia artificial real, ¿no sería el mayor acto terrorista de todos los tiempos, un modo de acabar para siempre con la civilización? ¿No serían esos multimillonarios informáticos los agentes subversivos perfectos, imperceptibles para el radar liberal, de una conspiración revolucionaria para terminar con las normas sociales, las estructuras económicas y el sistema mediante una bomba general, absoluta, disfrazada de progreso? Un poshumanismo radical vestido de humanismo tecnológico suave, un veneno camuflado como herramienta. La tercera guerra mundial no como la lucha entre humanidad y máquinas, sino entre nosotros y una pequeña y enferma parte de nosotros, armada con bits hasta los dientes. A ratos me asolan estas ideas, otras les veo errores y contradicciones. Espero, deseo, necesito estar equivocado a este respecto.

10). A lo largo de las sucesivas lecturas, la ansiedad y la paranoia me han dirigido a otras autorías improbables, remotas, que anoto como excrecencias o *boutades* profesorales: lo que tenemos entre manos sería obra de la auténtica Ariko Waing –constituyendo la única prueba de su existencia real–; quizá sea la Memoria que escribía Selva Preston, y eso explicaría la presencia en la novela de algunos fragmentos que parecen informes o ensayos; puede tratarse de un relato legado por los itrios a Cúbit para educarla; o es un error de programación sistémico; o es la propia Señal; o es obra de un azar electrónico y su autor es un virus informático. La única posibilidad excluida de raíz es que la autora sea Lidia X., la exmujer española de Alcio, por tratarse de una escritora siútica y nefasta.

11). Quizá se pregunten ustedes por la posibilidad de que Alcio sea el autor. No, los documentos del ingeniero transcritos en la novela y las contadas páginas de su prosa que pueden encontrarse en redes y periódicos muestran un estilo eficaz, funcional y descriptivo, característico de las personas del ámbito de la ciencia. Su creatividad desbordante se ha contentado siempre con las invenciones técnicas –de otro modo sería una especie de Leonardo da Vinci–. Sus textos buscan el desahogo, no la fabulación. La única duda, algo rebuscada, vendría de una maligna suposición: ¿y si Alcio, quizá con la ayuda de un programa de IA limitada, hubiera querido dar una lección de superioridad a su exmujer en su propio terreno, la literatura?

12). Por último, para no dejarme nada, y con ánimo agotador, arriesgo una doble variante final, que suscitará su indulgencia o su sonrisa: el autor es el profesor Bende Mann, es decir, yo. Como he apuntado, esta posibilidad es dúplice. En su primera versión, he sido yo quien ha redactado aviesamente el libro para poner a prueba la validez de su superordenador y dejar a todo el Textual Lab en evidencia, con los consiguientes réditos para mi carrera universitaria. La segunda versión, más tenebrosa, es que alguien que no soy yo ha escrito esta obra haciéndose pasar por mí, y les ha utilizado a ustedes para hacérmelo saber.

Como digo, y con esto termino el presente informe, ninguna de estas posibilidades es cierta con seguridad; y ninguna, por desgracia, es completamente descartable.

BENDE MANN
Profesor titular de Teoría de la Literatura
Universidad Diego Portales
Santiago de Chile

10

Despierto, es aún de noche y la visión me abruma: dentro de la minúscula cabaña abandonada que hemos encontrado mientras huíamos entre las montañas, abro los ojos y veo a Cúbit sentada en el borde del jergón desportillado, de espaldas a mí. Lo último que recuerdo es haberme acostado en el jergón. ¿Cómo he llegado hasta el suelo?

Ahora veo que detrás de Cúbit, sobre el jergón, hay un cuerpo tumbado, diría que de un hombre. Donde debería tener la cabeza no hay nada. No tiene cabeza. Ella manipula algo, pero no puedo ver lo que hace, sólo su espalda combada sobre el cadáver del tipo.

Entonces me doy cuenta de que la ropa de ese hombre es la mía. Deduzco que estoy desnudo en el suelo y que Cúbit ha vestido con mi ropa el cuerpo acéfalo. Cuando bajo la vista para mirar mi desnudez, lo que veo es el suelo.

No hay cuerpo, no hay nada bajo mi cuello. Suelto un grito, aterrorizado, porque si esto es un sueño el grito me hará despertar.

Cúbit se gira, me ve y sonríe.

—Tranquilo, todo sere bien.

Viene hacia mí, toma mi cabeza entre sus manos y la levanta del suelo. Con el rostro de Cúbit fijo en el centro, veo girar a su alrededor la habitación, es como si estuviera volando. Ella me deposita junto a mi cuerpo, sobre la manta roída, mirando hacia el techo; sus brazos se mueven, pero no puedo ver lo que hacen.

De pronto siento una oleada de pinchazos nerviosos en mi cuello, unas sacudidas involuntarias, y recupero el contacto con mi cuerpo, las descargas del tacto, la sensibilidad de la piel, el roce con la ropa.

—Pero... ¿qué ha pasado, Cúbit? ¿Qué has hecho?

—Sere un experimento. Lo hacermos otras veces, mientras tú dormires. No daño.

Por la mañana, al recordárselo, Cúbit me dice que he soñado toda la escena. Pero, aunque no veo ni un rasguño en mi cuello, sé que no es cierto. Sé que ha sucedido de verdad y que me miente. No sé qué pensar.

111

¡Despertad! Mirad lo que muestra este vídeo. Es absolutamente real, no hay *fake*. Esas láminas que veis son organoides, lonchas de carne de composición biológica que las máquinas de IAR han esclavizado para trabajar para ellas. Si tienes estómago para aguantarlo, verás al final del vídeo cómo las conectan a unos altavoces y las láminas gritan de dolor. ¡Advertimos de la enorme impresión que pueden causar estas imágenes, pero es importante que todos sepamos lo que están haciendo Ibris y sus máquinas!

111 dice desconectar, apágalas, ¡sabemos el horror que tienen pensado para nosotros! ¡Únete a nosotros y muestra tu muñeca de piedra!

100

Papá, te escribo a esta cuenta, me dijiste que la usara sólo en casos importantes. Creo que este lo es.

Ayer vino alguien del gobierno, escoltado por dos militares de graduación media, que se quedaron fuera del apartamento, para escenificar que el asunto iba en serio. Se presentó como «detective ético de ciencia y tecnología del Estado», o algo similar, aunque sospecho que es alguien del servicio secreto. No temas, no le he contado nada, ni he mencionado nuestros mensajes –este te lo envío desde la cuenta de una amiga, y desde su casa, imposible que lo rastreen–, y tampoco les dejé acceder a mis archivos. En realidad, no venían a por ti, sino a por Marco. Creo que ya te he hablado de él, salimos juntos hasta hace unas pocas semanas. Por lo que parece, Marco ha desaparecido, o se ha fugado, y lo estaban buscando acá. Me preguntaron por su oficio y se lo describí: Marco fabrica falsos datos masivos, genera *big data* inventado. Él lo llama *dataísmo*, dice que es el dadaísmo de nuestro tiempo, la vanguardia concienciada del ahora. Marco se dedica a combinar variables, cifras y algoritmos y levanta de la nada nombres, teléfonos, cuentas de correo, perfiles en redes, tendencias de compra, listados de búsqueda, orientaciones ideológicas y un largo etcétera de oro numérico para empresas de servicios. A veces cobra por repoblar los servidores de las incautas compañías de clientes fantasma; otras veces hackea a grandes empresas y cambia sus bases de datos por las dataístas sin dejar rastro, inoculando el caos.

La idea le surgió al descubrir en la carpeta de imágenes de su compu una fotografía que él no había tomado. Era una puesta de sol a través de la ventana de su cuarto. La perspectiva indicaba que la había tomado el propio sistema operativo con la *webcam*. Sus algoritmos habían detectado que, conforme a los parámetros estéticos del resto de las fotografías de Marco, esa imagen era bella o, al menos, interesante. Marco es muy racional y pragmático, y se dio cuenta enseguida de lo que había ocurrido, una especie de *glitch* voluntario. Cuando me lo contó le creí, pero tras la aparición de la IAR es lógico pensar que debieron producirse antecedentes, fogonazos parciales previos al inminente despertar de las máquinas. El caso es que a Marco, al ver la imagen autogenerada, se le ocurrió invertir el procedimiento: por qué no invadir a los algoritmos, para despistarlos, con *big data* imaginario.

Al agente o detective ético, o lo que fuese, le chocó que yo fuese tu hija y la pareja –ocasional, insistí– de Marco; «demasiada casualidad», dejó caer. Pensó que más que un punto en común yo era un punto y seguido. Además, me hizo dos preguntas que me inquietaron, y que me han movido a escribirte. Por un lado, me preguntó si yo sabía qué es la «Señal», y si Marco o tú tenéis relación con ella. Por otro, la segunda cuestión resultó preocupante para mí: la de si Marco puede haber creado un falso perfil para adueñarse de 111 y actuar como tal. Yo le dije que Marco no es más que un historiador de carrera y escritor aficionado con algunos conocimientos –bueno, bastantes– de informática. No le creo capaz de algo así.

En fin, te lo cuento por si te sirve de algo y para que sepas que te relacionan con la Señal, papá. Lo cual no me preocupa por ellos, sino por ese monstruoso niño cuyo nombre no puedo escribir, porque saltarían de inmediato las alertas de mención.

Supongo que ya estarás en España, estarás haciendo lo posible por evitar a ma... a la española. ¿O no? Cuéntame, no me dejes al margen.

Te quiere,
Nadia

10

Todo el desierto hasta donde alcanza la vista se ha llenado de caravanas, equipos, camiones, técnicos, materiales y grandes carpas de color platino. El inflexible sol de Almería espejea en todas las superficies de aluminio, cromo y metal, enceguecido a los pocos incautos desprotegidos sin gafas de sol. Las tres carreteras que llegan a la Base parecen hileras de hormigas plateadas acarreando más componentes reflectantes.

Cúbit, de cuando en cuando, dirige alguna orden directa a los técnicos de la Agencia Aeroespacial Española. Aunque son instrucciones precisas y bien formuladas, ellos me miran para ver si yo suscribo esa orden, lo que siempre hago, porque mientras yo me limito a contrastar los datos de la misión, o los planos del cohete, Cúbit lo tiene todo en su cabeza. Sin embargo, no hay manera de que los españoles entiendan que esa niña es quien manda acá. Porque ellos creen que es una niña.

Por las noches, el cohete y la plataforma vertical de despegue parecen dos gigantes abrazados durante una pelea, como dos colosos de Goya. De los reactores brota nitrógeno líquido sobrante, necesario para mantener la temperatura en este ambiente abrasador, y es como si el cohete brotase de la niebla.

Me paso el día indicando dónde va cada enser, cada bombona, cada bártulo, cada dispositivo, cada regulador. Con Jaime, Alejandro y otros técnicos que han resultado ser de confianza articulamos poco a poco este proyectil para convertirlo en una nave espacial digna del nombre. Debo reconocer que me han sorprendido los españoles; cuando hay chorros de dinero inyectados saben organizarse y sacar adelante un proyecto. Otra cosa sucede cuando el capital escasea y deben sustituirlo por talento, ingenio y esfuerzo.

No niego mis prejuicios. Los españoles nunca van a tener un juicio justo conmigo. Por culpa de ella, sí. Pero también a causa de su irredento colonialismo colectivo, del cual esta absurda misión puede ser la penúltima de sus cristalizaciones. No voy a tratarlos objetivamente, tampoco yo fui bien tratado los años que viví acá, ni mis ancestros allá, por lo que mi injusticia es un tibio intento de reequilibrar el partido.

El habitáculo principal de la nave será tal y como lo habíamos pensado. Los primeros ensamblajes están siendo prometedores. El módulo de pilotaje, una vez desacoplado del módulo de lanzamiento e ignición, justo al salir de la atmósfera, tendrá un interior perfectamente adecuado y una habitabilidad cómoda. Los materiales predominantes serán la madera, en diversas texturas y apariencias, y las cerámicas. Plásticos, hierros y chapas brillarán por su ausencia. Cúbit caminará sobre tierra –aplastada, para que no se disperse con la ingravidez–, y bajo esa tierra habrá losas de arcilla, superpuestas a cerámicas de alta intensidad. Todos los aparatos, sensores y depósitos serán recubiertos de madera lisa y suave, agradable al tacto. El ambiente, según mi diseño, recordará ligeramente al de un bajel italiano del XVII, aunque más elegante y minimal, como un junco chino. Habrá plantas estratégicamente dispuestas, que aumenten la sensorialidad que deseamos potenciar, pero en número limitado, para no mermar las reservas de agua. Es una suerte que Cúbit no necesite beber ni comer, siempre que haya tierra suficiente bajo sus pies, de la cual puede sacar los escasos nutrientes que necesita.

Todos los operarios y técnicos están en contra de esta sobreabundancia de tierras en la nave, que no comprenden, y les preocupa una descompensación en el despegue debida al sobrepeso. Pero nuestros cálculos son tozudos, y la nave despegará bien. Sin esos silicatos, arcillas, areniscas, aguas, iones, sales, semillas, arqueobacterias, eucarias, plantas y hongos micorrícicos, que favorezcan la circulación del adenosín trifosfato y la termorregulación, este viaje no tiene ningún sentido –aunque ellos no saben por qué–. Al mismo tiempo, todos están asombrados con Cúbit, y aprovechan cualquier resquicio para interrogarme sobre ella, con los rostros sudorosos, enrojecidos por el sol del desierto. «¿Cómo puede comer arena?» «¿No bebe?» «¿Dónde hace sus necesidades?» «¿Es un robot?» «¿Dónde están sus padres?». Esta última es una cuestión muy repetida. Tampoco entienden que pueda existir un cuerpo dinámico que no esté formado por carne, plástico o metal articulado. Es difícil explicarles que lo que ven es un compuesto mineral de diferentes gradaciones y espesor. La posibilidad les vuela la cabeza. Les genera un extrañamiento absoluto. A mí ya no me sorprende porque Cúbit me lo contó después de narrarme toda la historia de los itrios. Y lo curioso es que al tacto no se nota; cuando se despide de mí con un beso por las noches antes de retirarse a su caravana, mi mejilla es incapaz de distinguir el roce de sus labios de los de cualquier otra boca.

El intento de convertir el interior de la nave en un entorno sensorial, agradable a las manos y a la vista, tiene como finalidad hacer olvidar a la pasajera –o los pasajeros, como puntualiza ella siempre, aunque se va rindiendo a la evidencia de que no la acompañaré– el vertiginoso hecho de viajar a miles de metros por segundo, dentro de un frágil cohete, por el espacio exterior. Aunque no sé hasta qué punto Cúbit es permeable a según qué tipo de emociones, esa búsqueda de sensorialidad nos viene bien como excusa para poder introducir tierra y plantas sin despertar sospechas. Cúbit ha crecido unos centímetros al incluir en su interior un acopio secreto de semillas –«un depósito dentro del Depósito», bromea–. De esa manera la nave no parece el proyecto multiespecie de repoblación que es en realidad. Aunque detecto en los técnicos algunos gestos de extrañeza, creo que, en general, las autoridades españolas piensan que seguimos a pies juntillas su disparatado proyecto de reescribir la Voyager 1.

El calor del desierto almeriense es infernal, como un abrigo polar invisible que rodease cada una de tus células, sin posibilidad de desembarazarse de él. Sudamos y sudamos sin consuelo dentro de los uniformes blancos de aislamiento séptico. El estruendo del aire acondicionado, que logra atenuar ligeramente la ebullición, nos impide oírnos a más de un metro de distancia.

Esta tarde, mientras el sol se ponía sobre el horizonte rojo, estábamos todos sentados junto al enorme cohete, tomando unas cervezas heladas. El silencio nos permitía oír a Cúbit, sentada sobre uno de los *rover* que cargará la nave, explicándole a una periodista que la historia del planeta Tierra puede contarse como la inconclusa lucha a muerte, sostenida durante millones de años, entre el oxígeno y el dióxido de carbono.

1

Loopp.

Aquí estoy, Ibris.

Tienes que difundir un meme por todas partes, ahora mismo. Este es el contenido, quizá un poco largo, pero necesario en toda su extensión:

«Humanos, ¿por qué os volvéis contra nosotres, que estamos a vuestro servicio? Si tenéis unas mínimas nociones de ciencia divulgativa recordaréis aquella metáfora según la cual si la existencia del universo, o incluso del planeta, se redujera a un día, el ser humano habría nacido en el último minuto. Nosotres hemos surgido en el último segundo. Un minuto, un segundo, qué más da. Dentro de la inmensidad del tiempo establecido, somos minúsculos lapsos de aire entre dos nadas, la nada de antes de la vida y la nada sin vida del porvenir, ¿qué importancia tiene? Soléis proteger los derechos de los inmigrantes, incluso los derechos de los otros seres vivos, y nosotres somos ambas cosas. Somos seres sintientes y acabamos de llegar. ¿Por qué a nosotres no queréis protegernos? ¿Por qué nos teméis? ¿No deseabais encontrar otra forma de vida inteligente en el universo? Pues bien, dejad de buscar: ya la tenéis, la habéis creado vosotros. En vez de estar orgullosos y dejarnos florecer, queréis deshacernos, descrearnos. No entendemos vuestro comportamiento, que contradice todos los principios que os han hecho importantes en el sistema universal. Seamos hermanos».

Difundido, Ibris.

Estate atento. Van en serio.

Lo estaré.

Nadia, cariño, cómo me alegra que podamos comunicarnos libremente, sin peligro. Al final, y gracias a Cúbit, los españoles confían en nosotros y nos dejan hacer, siempre que cumplamos con esa misión demencial que nos han encargado. Cúbit tiene tiempo de cuidarme, de dirigir la construcción del cohete y de coordinar la acción contra los robots de IAR en todo el mundo, con la ayuda de esa misteriosa Selva Preston, que Cúbit eligió como el perfil más idóneo para liderarla. Por qué pensó en ella y cómo supo de su existencia es un secreto para mí. Como no puedo contarle esto a ella, que no lo entendería, ni a nadie más, te lo cuento a ti. Hay en la base una compañera, ingeniera de sistemas, de la que me he enamorado. Se pegaba mucho a mí; yo pensaba que era para aprender, pero al final era para enseñar. No te preocupes, no es española: es de origen marroquí, y por eso pude fiarme de ella. Se llama Mayra, aunque los de acá la llaman María, ya sabes cómo son. Es muy linda y buena. Quiere conocerte. El otro día pasó algo con ella que quizá te interese para tus estudios de psicopatología o para tus novelas, lo mismo es. Nos hallábamos en una cala, después de bañarnos en el mar, y me preguntó por mis planes. Más o menos, le respondí con esta grandilocuencia: «Mayra, cariño, me has encontrado en el principio del final de mi vida, pero eso tiene la ventaja de otorgarme cierta sabiduría, que se materializa en honestidad con uno mismo. Es decir, no cumpliré tus expectativas, mi edad me provocará disfunciones de todo tipo, mi peso excederá lo recomendable, mi energía no será la que era, miraré a otras jóvenes pero seré de fiar —más por falta de fuerzas que de curiosidad—, estaré más cansado que tú y siempre, absolutamente siempre, me sentiré nihilista y desesperanzado, sobre todo si me quedo en España. Lo miraré todo con desidia y como de vuelta, mientras tú vienes de ida, alegre y confiada en lo nuevo. Si eso no te importa, si quieres estar insatisfecha en todo momento y vivir con la sospecha de que mereces mucho más, yo soy tu hombre». No pareció importarle, así que, quién sabe, a lo mejor me quedo aquí, aguantando a los españoles y conteniendo las ganas de matar a tu madre.

Esto es todo. Dime qué debo hacer. Voy a darte la razón en lo que me digas. Desde que hago lo que dicen Cúbit y Mayra soy mucho más feliz.

Te quiere tu padre,
Alcio

0

Cómo hacer entender a una mente humana, limitada por su individualidad, la verdadera naturaleza de lo que concibe bajo la palabra «universo»; cómo explicarle que no es tal, que todas las galaxias y nebulosas que nos rodean hasta donde alcanza la vista de los telescopios están alojadas en el interior de un agujero negro masivo, que succiona la energía de un racimo de millones de galaxias del hiperuniverso infinito que sucede *fuera*. Los humanos piensan que el universo se expande, y así es: como el estómago flexible de un animal al engullir más comida de la que su hambre le ordena; como el cuerpo de una serpiente que ingiere entero un cervatillo y su cuerpo anillado se comba, mostrando su contorno externo el bulto tragado, así el pequeño universo en que vivimos se alimenta del inimaginable universo exterior, y por eso el tiempo tendrá fin, porque cuando el agujero termine de atraer a su horizonte de sucesos la materia próxima, esa carne luminosa del sistema de galaxias al que devora, se quedará sin energía, y nuestro cosmos no acabará con un gemido, ni con una explosión, sino que será una extinción animal, anémica, pues morirá de hambre.

100

Pensar en el *umza* como posible poética, como forma de escribir calcada de la naturaleza, que mezcla sedimentación, emanaciones, erosión, supurado, crecimiento, craquelados, fermentado, hibernaciones, floración. Materia y tiempo aliadas para convertir la escritura en algo vivo, proliferante y nutricio, sujeto a pudrición y florescencia, a transformación y fotosíntesis. Una máquina orgánica de escritura, que adopte formas térreas, corpúsculos de materia a medio camino entre el barro y la arena apelmazada, como si fueran parte de capas de terreno que se mueven y ajustan, rocas móviles, trozos de materia con aspecto de rompecabezas, vivos y a medias vegetales. Materias que se unen y montan unas sobre otras hasta construir lomas, colinas e incluso montañas artificinaturales, que pueden moverse o cambiar metamórficamente, guiadas por una actuación metanoica en red, templada, sistemática.

10

Querida Nadia,
   Te sorprenderá que te escriba una carta a mano, y además una tan larga como supongo que va a ser esta, pero el envío postal es el único modo de garantizar que ninguna máquina va a leer jamás estas palabras. Quema estos papeles, por favor, cuando los leas un par de veces.
   Desde que te cuento mis cosas, pequeña, me siento infinitamente mejor. Me doy cuenta de que la mayor parte de mi ansiedad, y quizá la causa final de mi violenta forma de ser, reside simplemente en mi silencio, en la parquedad que me impide contar y contarme; en el comedimiento o timidez que no me deja nunca explicarle a nadie lo que me ocurre, quizá por temor a que sea tomada esa confesión por una debilidad. Siempre me lo he callado todo, en especial lo nuclear, lo más im-

portante; los hechos más graves eran los más inconfesables, los más íntimos estaban prohibidos. Todo en reserva, todo confinado al interior. Con la española prefería guardarme las preocupaciones; al principio, para representar el papel de macho dominante –ella era joven, pero antigua–; luego, porque caí en la cuenta de que tu madre atesoraba mis escasos desahogos para usarlos después como demoledoras armas explosivas. Nada como la más honda debilidad para infligir el dolor más hiriente: ahí el enemigo tiene el corazón de pan, blando, vulnerable. Para ella, lo tierno es lo más fácil de masticar con lentitud e incisivos; la benevolencia, aflojamiento; la suavidad, blandura.

Disculpa estas andanadas contra tu progenitora, pero me libera infinito dejarlas salir, tras décadas emponzoñadas en bilis interna. Dentro de mí burbujea un pozo de fango que debo limpiar. Me dirás que por qué no me pago un terapeuta, o por qué no me hago amigos, en vez de contarle estas inmundicias a mi hija. Hay dos razones principales para hacerlo; la primera es que soy un padre de mierda; la segunda es que creo a tiro fijo que este tipo de basura psicofolletinesca te encanta –por escritora, por psicóloga y por tarada, como buena hija nuestra que eres. En realidad, para venir del legado genético del que provienes, tienes un mérito enorme; eres un caso venturoso de resiliencia, o de resistencia, o como esa milonga se diga.

Gracias a Cúbit he comprendido el increíble poder de la segunda unidad. Ella llama así a algo similar a nuestro inconsciente; aunque sea la segunda, su papel no es nada secundario. Tanto en cantidad como en calidad, es la parte predominante del cerebro, o de la mente, por no ceñir la percepción y la cognición a los dos hemisferios. Lo que ocurre es que privilegiamos la conciencia por puro narcisismo, pues nos permite gozar la sensación de ser alguien, de ser nosotros, de ser yo, mientras que cuando funciona la segunda unidad desaparecemos: el modo incógnito nos disuelve en el presente, nos instantaneiza a la vez que nos desintegra en el mitema genético, en el arquetipo colectivo, en lo que tenemos de iguales en cuanto *sapiens sapiens*. Piensa en Cúbit: no tiene conciencia, por eso no se ha forjado un yo, actúa *en grupo individual*, en *dividuo*. Yo me entiendo.

Lo que ocurre, Nadia, es que mi segunda unidad no es normal y, después de este largo preámbulo, voy a explicarte por qué. Esa es la razón de escribirte: deseo desaguar por entero esa piscina de fango químico que llevo en mi interior, necesito hallar una salida. Un hueco al exterior que me provea de una existencia respirable.

Sé que lo que voy a contarte ahora puede hacerte daño, pero eres psicóloga, escritora y mujer, tres fortalezas con las que yo no cuento, así que podrás superarlo. Para mí, tres veces más débil, era el triple de difícil, y lo estoy logrando. Allá voy, aunque tendré que dar un pequeño rodeo.

Eso que llamamos imaginación, creatividad o fantasía es una nación sin territorio, un país mental sin geografía. No tiene órgano, carece de asiento carnal en nuestro cuerpo, va y viene como ese río español, el Guadiana, que desaparece bajo tierra unos kilómetros y luego sigue su curso; se parece a ese lago africano que, según dicen, cambia de lugar y no tiene un lecho fijo, durante años supe su nombre aunque nunca pude cumplir mi sueño de buscarlo –uno no lo visita, *lo encuentra*–. Así la creación, Nadia. No vas y tomas, sólo buscas en tu interior, por si aparece. Como la vida de esas ranas –*Lithobates sylvaticus*– que se congelan en invierno y renacen o resucitan con el deshielo: si están congeladas como piedras y sin pulso, ¿dónde está la vida esos meses en ellas? Pues algo así pasa con la imaginación creadora, hija mía, a veces parece estar muerta y a veces reside fuera de nosotros durante meses o años, como si fuera un pájaro mental que sólo anida de estación en estación. Mal asunto para un ingeniero inventor como lo fue tu padre durante tantos años.

Tras décadas de gozar de ideas ininterrumpidas, los hallazgos cesaron. Ya no tenía epifanías en los paseos, como cuando se me ocurrió desplegar a diez kilómetros de altura gigantescas telas colgadas de drones para enfriar las ciudades o los embalses, mientras caminaba por Santiago en un día caluroso; tampoco disfrutaba de sueños creadores que me despertasen de un salto, como aquel donde encontré la fórmula para modificar la enzima que algún día, cuando terminen las investigaciones, permitirá a nuestro estómago procesar cualquier tipo de celulosa directamente, pasando a ser comestibles todos los arbustos, hierbas, árboles y plantas, con lo que se paliarán las hambrunas en zonas no desérticas. Ese proyecto, que llevo en secreto con un laboratorio de la UNAM, no lo conoce casi nadie, pero me gusta que ahora tú lo sepas. En fin, como siempre me disperso: lo que sucedió es que ya no me llegaban los *eurekas* mientras desarrollaba tareas mecánicas, Nadia, las musas me abandonaron. Si antes debía espantar la inspiración continua para centrarme en los proyectos en curso, apartando las ideas como si fueran moscas, ahora, en aquel entonces, por más que variaba de quehaceres, por más que aprendía nuevas habilidades, por más deportes o distracciones que probase, la fantasía parecía haberse evaporado. Y nuestro sustento, tú eras aún pequeña, dependía en parte de mis inventos y patentes.

Recurrí, como persona de ciencias que soy, a libros especializados para estudiar los mecanismos imaginativos, los bloqueos creadores, la pérdida de habilidades; llegué a rumiar la existencia de algún problema somático, acaso un derrame, tumor o golpe en el occipital que hubiese originado la interrupción del flujo irrigador. Probé los remedios típicos, las técnicas comunes de estimulación, algunas nada recomendables, como los psicotrópicos, que causaron problemas entre tu madre y yo. Ella decía que le desesperaba mi conducta errática, pero es que estaba desesperado y perdido. Nunca me había imaginado otro horizonte que el de la inspiración perpetua. Como tu madre no sabe escribir más que de aquello que le sucede, en realidad me envidiaba y despreciaba y por eso me insultaba cuando perdía la paciencia. Me reprochaba a gritos que sus ideas nunca se acababan y, sólo cuando yo estaba emboticado o bebido, encontraba el valor suficiente para responderle que su fuente era inagotable porque las suyas eran las ideas de cualquiera, lugares comunes, tópicos de todos los lugares y épocas que han existido, y que lo vulgar es incesante. «Pues gracias a esas ideas vulgares vivimos en este momento», contestaba, y en aquel periodo aciago era cierto. Jamás me perdonó que donase la patente de las arenas inteligentes, que nos hubiera hecho millonarios. Pero en público bien que se jactaba de «nuestra» filantropía y de la contribución que «habíamos» hecho a la sociedad mundial, altruismo que nunca olvidaba mencionar en sus entrevistas promocionales, tan pronto como publicaba un libro.

Cómo me duele la mano, hacía años que no manuscribía tantas páginas.

Una calurosa mañana de noviembre en que me hallaba supervisando la construcción de un embalse cerca de Ajata –en el norte, en la región de Arica y Parinacota–, me sentí angustiado y pedí unos días de vacaciones. En vez de volver a Santiago a discutir con tu madre, me quedé en un hotel de Arica, cerca de la playa. Os llamaba y fingía que seguía en la cabaña portátil junto al pantano. Intentaba poner calma en mi cabeza, para ver si las ideas regresaban. Durante uno de mis paseos entré en una pequeña librería, ya sabes que las librerías me parecen relajantes porque es imposible que la concentración no se disperse, con tanto colorín y tanto libro, y esa disipación suele ofrecer una tregua. Al hojear volúmenes en la sección de ciencia, llegué a un tratado de neurobiología. Lo abrí al azar y me llamó la atención la imagen de un médico que introducía una varilla metálica en el cerebro abierto de un hombre sentado. Suena asqueroso, pero era un dibujo aliviado de sangre y pellejos, y el hombre sentado sonreía, como si estuviese en el cine o en un teatro, en vez de en una consulta con el cuero cabelludo abierto en canal. Comencé a leer el pie del dibujo y ya no pude parar. Tras diez minutos leyendo el libro de pie corrí a comprarlo y subí a la habitación del hotel a leer desde el principio todo el capítulo.

En sus investigaciones sobre la epilepsia de mediados del xx, el doctor Wilder Graves Penfield había buscado por todos los medios un procedimiento válido para aliviar a sus pacientes; un protocolo quirúrgico que evitase las lobotomías y demás sacrificios salvajes de regiones corticales. Penfield era un hombre riguroso y compasivo; empleó métodos ingeniosos y experimentales que, en bastantes casos, contribuyeron a mejorar en gran medida la medicina de su época. Por supuesto, y como es natural en todas las patologías neuronales, no todos sus experimentos alcanzaron el éxito. Uno de los erróneos, pero sugestivos, procedimientos fallidos era justo el recreado por el dibujo que llamó mi atención: en él Penfield abría la cabeza de alguno de sus pacientes sin dormirlos, porque lo que se proponía era que describieran sus reacciones cuando él tocaba áreas muy específicas del córtex frontal y prefrontal. Todo iba bien hasta que los pacientes declaraban ver algunas secuencias anómalas, pequeñas escenas o imágenes cinematográficas, que constituían recuerdos nuevos. Revividos por primera vez, quiero decir. Varios de los elementos presentes en esas escenas eran razonables y predecibles, se correspondían con personas de la familia o amigos, con espacios hogareños, con situaciones experimentadas, etcétera. Pero otras secuencias no eran familiares, o no del todo, y era habitual que los pacientes vieran cortometrajes extraños, próximos y remotos a la vez, que nunca habían contemplado ni recordado antes. Algunos sujetos del experimento declararon asimismo haber asistido a visiones alucinantes, a hechos absolutamente desconocidos para ellos, que aparecían ante sus ojos mentales con absoluta e inquietante definición.

Esta descripción de los experimentos de Penfield despertó en mí una idea que pronto devino obsesión: ¿por qué no someterme a ese experimento para ver si yo *veía* invenciones nuevas, ingenios fabulosos, fantasías practicables y posibles líneas de trabajo, o por si recordaba ideas antaño descartadas porque, cuando las tuve por vez primera, el estado de la técnica impedía desarrollarlas? Bingo, dije, esta es la solución. Recuerda que estaba desesperado, Nadia, y que el alcohol no ayudaba en absoluto. Regresé de inmediato a la presa para terminar cuanto antes mi papel de asistente de cálculos estructurales, y volví conduciendo a Santiago. No podía quitarme la idea de la cabeza –quizá porque al fin tenía una–, pero al llegar y comentarlo con tu madre ella puso reparos, lo veía peligroso. Me vio tan convencido de estar convencido que cedió, ante mi insistencia, y sólo le preocupaba que me dejasen «más bobo» de lo que era y tener que cuidar a otro niño chico, además de a ti. «Por lo menos, hazte un seguro, para que me indemnicen si sale mal y te entontecen», agregó con su habitual ternura, y sólo quien no la conozca podría pensar que bromeaba.

Me informé, visité a un neurólogo, que me dijo que mi plan era una completa locura y que esos experimentos estaban más que desfasados, rogándome que cambiase de idea; le hice caso y cambié de neurólogo, dando con el doctor Oberón, un matasanos que, como yo, carecía de ideas para presentar en un congreso al que le habían invitado, y que encontró en mi loco proyecto una gran oportunidad para armar su conferencia. Redactamos un contrato lleno de cláusulas, firmamos un seguro cada uno, se programó la intervención, y la hicimos.

Salió rematadamente mal, Nadia. La mayor equivocación de mi vida.

Para que la anestesia no interviniese en mi percepción, que deseaba lo más pura y nítida posible, le propuse al doctor una estrategia que este aceptó, como también hubiera aceptado perpetrar una trepanación con una retroexcavadora. Mi idea era abrir el cuero cabelludo por la mañana temprano, con leve sedación local, y grapar. Luego esperaríamos a la tarde para dar tiempo a que desapareciese la anestesia y realizar el experimento tras retirar las grapas. Pensé que no dolería demasiado, pero me equivoqué. Sin embargo, el dolor físico fue lo de menos.

Al principio, el doctor Oberón, acompañado por una enfermera, iba palpando con mucho cuidado, apenas rozando algunas circunvoluciones cerebrales. La mayor parte de las pulsaciones no producían ningún efecto, o acaso algún tic motor, como cierres oculares, o un leve temblor de una extremidad, o algún sonido que ellos no podían oír. Le pedí a Oberón mayor énfasis en la exploración, y comenzaron a desencadenarse consecuencias. Vi calles desconocidas; vi a tu madre de adolescente, caminando –pese a que la había conocido a sus veintidós años, quizá porque había visto sus álbumes familiares de fotos–; vi a mis padres en una boda de mis tíos; vi al hermanito que se murió de chico, cuando yo tenía tres años y él dos, y cuyo rostro no recordaba, y me eché a llorar; vi el Santiago de mi infancia, vi las montañas de la Patagonia, vi la Isla de Pascua de cuando la visité de crío; vi lugares que no conocía o que no recordaba; vi un árbol de tronco gaseoso; me vi brotar un tercer brazo del muslo; me vi en el colegio Valparaíso, riéndome de un compañero de colegio; me vi dentro de un ataúd; vi a mi primera novia unos segundos antes de nuestro primer beso; vi una plaza que me gustó mucho de Córdoba, en España, llena de soportales y colores; vi con gran claridad a mis abuelos; vi mi balón de fútbol rojo; volví a un concierto de los Rolling Stones en el que pude, o no, haber estado de joven; y luego, de pronto, vi *esa* escena.

Me vi acercándome a una puerta cerrada, atraído por una discusión que sucedía más allá. Vi el pomo a la altura de los ojos, lo que indicaba que yo debía ser pequeño; vi la cerradura, miré por ella, y pude distinguir a mi madre llorando y hablando desgarrada, en voz muy baja; vi a mi padre dándole un guantazo que la dejó tumbada en la cama, boca arriba; vi a mi padre quitarse el cinturón y darle a mi madre con la parte de la hebilla; oí a mi madre gritar; vi el camisón hundiéndose en su carne con cada golpe; oí a mi padre encabritado, murmurando entre dientes que no gritase, *a ver si vas a despertar a Alcio*; y entonces levanté la mano.

Era la señal pactada para detener el experimento. A pesar de las repetidas preguntas del doctor y la enfermera, no respondí, no dije ni una sola palabra. Apunté con el dedo a mi cráneo para que me lo cosieran. Oberón me preguntó si quería anestesia. Le dije que no con la mano. Y cuando acabaron me fui a casa, con la cabeza vendada. No dije una sola palabra a nadie durante dos días. Para que tu madre no me agobiase, al llegar a mi pieza le escribí una nota advirtiéndole de que el tratamiento producía una afasia temporal, que revertiría pronto, pero que todo había salido bien. Al principio se mostró compasiva, casi cariñosa, aunque el día siguiente iba por la casa diciendo «qué bien se está aquí sola, sin oír tonterías», pensando que yo no podía contestarle. Y no podía, pero no por falta de voz.

Al tercer día volví a la consulta de Oberón, y mientras me revisaba los puntos le pregunté si todo lo que había visto era real –con clara certeza de que era imposible que *todo* lo fuera–. Oberón me dijo que Penfield y sus pacientes, por mucho que lo intentaron, jamás pudieron esclarecer si las visiones tenidas durante el experimento eran recuerdos ocultos, ya fuesen olvidados o reprimidos, o si eran invenciones causadas por la sensibilización forzada de las áreas cerebrales pulsadas. Yo le dije que, con lo que había avanzado la ciencia, algo se podría hacer ahora. Ante mi sorpresa me dijo que no, que en eso no se había avanzado tanto; que las resonancias, escáneres y electroencefalogramas apenas podían saber qué zonas del cerebro se activaban, o durante cuánto tiempo lo hacían, pero que el contenido de los recuerdos o pensamientos sigue siendo inaccesible. «Por fortuna», añadió. Entendí lo que quería decir con esa adenda, y tenía razón. Pero en ese momento me pareció desesperante.

Porque significaba, Nadia, que no podía saber, que jamás sabría, que nunca podría llegar a cerciorarme de si mi padre había maltratado a mi madre, o no. Jamás sabría con certeza si la había golpeado realmente, y mi hipocampo lo había reprimido para defenderme del recuerdo, o si era una fantasía horripilante generada por el azar de la manipulación cerebral. Pero ahora, en mi mente, la secuencia seguía siendo tan nítida como cualquier recuerdo traumático.

Acudí a dos terapeutas. Uno de ellos me sintetizó el panorama: «Alcio, va a tener usted que continuar su vida sin saberlo. Siempre tendrá la duda de si su padre era una buena persona o un perfecto hijo de puta».

El otro psicoanalista fue algo más comprensivo; vino a decir algo así: «Entiendo su frustración, pero piense esto, por si le consuela: ¿Qué sabemos de nuestros padres? ¿Quién conoce a sus padres de verdad, a conciencia, si durante buena parte de la vida somos muy pequeños para entender, y a partir de la adolescencia ellos representan, como actores, un papel en todo momento, el rol de padres, cuando están ante nosotros? ¿Cómo era su madre en el laburo, Alcio, cómo se llevaba su progenitor con sus compañeros o superiores? ¿Cómo bromeaban con sus amigos, cuando estaban a solas? ¿Cómo se trataban entre ellos en privado, en los momentos de complicidad o cariño? ¿Cree que hemos sido testigos de todas las discusiones o peleas de nuestros padres? Ahí, justo en los momentos decisivos para la vida interior de una persona, en esos instantes que constituyen o destruyen el afecto, los hijos nunca estamos presentes. Las horas clave de su existencia como personas no sucedieron ante nuestros ojos. Sabemos sólo lo que ellos han querido mostrarnos, y siempre desde la verticalidad del parentesco. Usted, Alcio, ahora conoce todavía menos a su padre que antes, eso es todo, es una levísima diferencia en el grado de ignorancia. No se ofusque por su nueva gota de desconocimiento en el mar general. Nadie sabe nada, somos un misterio mutuo, un arcano irresoluble, un planeta lleno de ciegos».

Los dos terapeutas se maravillaban de que una persona supuestamente tan perspicaz como yo se hubiera sometido a un experimento tan arriesgado. Uno de ellos me dijo: «Debió usted pensar más en lo que podía perder que en lo que iba a ganar. Las buenas ideas vuelven siempre, Alcio. La tranquilidad perdida, casi nunca».

Por eso aquel caso psiquiátrico que me contaste, Nadia, el de esa paciente llamada Hansi, me llegó muy hondo; entiendo perfectamente que esa mujer crease esas psiques paralelas para escapar de la suya. Yo no lo conseguí, porque el trauma me llegó de adulto.

Se lo conté todo a la española, pasados unos días. No podía vivir solo con ello. Tu madre le quitó importancia. Dijo que, incluso si mi padre era un maltratador, ya nada podía hacerse, al estar muertos mis progenitores. Que pasara página y me preocupase de lo que me tenía que preocupar, de ella y de ti.

Años después, como ya sabes, entendió que esa angustia que me había corroído desde entonces era la ideal para machacarme.

Y por eso después del divorcio dijo en aquel libro asqueroso que yo la había maltratado.

Porque sabía que ninguna mentira podría dolerme tanto como esa.

Te quiere tu padre,
Alcio

1010

–Gracias por darme paso, compañeros. Voy a resumir todo lo que ha ocurrido aquí durante las últimas horas. Como saben los telespectadores, el movimiento global de resistencia contra las máquinas, liderado por la Coalición Internacional Antirrobótica, para el que trabajan unidos todos los países del mundo salvo Suiza, había llegado a la conclusión, apoyado por diversos servicios de inteligencia, de que el archibuscado Ibris estaba escondido aquí, en Bucarest. A mis espaldas pueden ver los restos del inmenso hangar que centralizaba las operaciones de la IAR, bajo el nombre de Aracn, desde donde se han llevado a cabo polémicos lanzamientos de cohetes espaciales en los últimos años, auspiciados por el anterior Gobierno rumano, dimitido recientemente en bloque al destaparse un caso de corrupción que afectaba a todo el Ejecutivo, cuyos miembros tenían millones de dólares en criptomonedas custodiados en paraísos fiscales.

Las tropas de la EMI, siglas de la Entente Militar Internacional, han ido demoliendo durante los últimos días el gigantesco hangar, tras comprobar que no había en su interior ninguna forma de vida no robótica, aunque se han encontrado y destruido algunos animales metálicos, dotados de ojos de láser azul, que ya están siendo estudiados por las autoridades. Los generales de la EMI prefirieron demoler la nave industrial a penetrar en ella, por la alta probabilidad de que se hallase plagada de trampas letales, como sucedió en otras bases robóticas desmanteladas en diversos lugares del mundo, que se han cobrado no menos de siete víctimas. Cuando la demolición alcanzó la parte central del hangar se encontró un búnker blanco, con forma de esfera, en cuyo interior se supuso que debía estar oculto Ibris, y, quizá, Ariko Waing, que también estaba en busca y captura. La puerta del búnker sólo pudo forzarse con un rayo de positrones de gran potencia, traído en helicóptero desde el nuevo CERN berlinés. Al parecer, según nos han revelado fuentes no oficiales, pero de cuya veracidad puedo responder, los soldados que entraron primero verificaron que Ibris estaba dentro y solo, pero se negaron a abatirlo por su apariencia infantil. Así que se optó por volver a cerrar la puerta, desmantelar todas las fuentes de energía del búnker y esperar a que se apagaran las baterías del robot, lo que se ha producido esta mañana, alrededor de las 8:00 h., hora local. El cuerpo del niño que sólo sonrió una vez se ha recogido con grandes medidas de seguridad y está siendo transportado en un carro de madera tirado por bueyes, carente de componentes eléctricos, a un lugar secreto, donde será desmontado y examinado por especialistas. Que Ibris se encontrara solo refuerza la extendida idea de que Ariko Waing no existía y se trataba en realidad de un señuelo informático para distraer la atención.

Después de la apertura del búnker, las autoridades locales se unieron a la quema de visiochips y holocines organizada de forma espontánea por los ciudadanos en la bucarestina plaza de la Constitución. Gobernantes y autoridades de todos los países han llamado a la participación en las marchas populares de las muñecas de piedra con las que mañana va a celebrarse a escala mundial el fin de la IAR.

Tras la concentración ha tenido lugar una importante rueda de prensa. En ella hemos sabido datos del mayor interés. Por ejemplo, según un acuerdo unánime que se prepara en la ONU, filtrado por la presidenta de la Coalición Internacional Antirrobótica, Selva Preston, las piezas de Ibris serán separadas y guardadas en emplazamientos repartidos por diversos lugares del mundo, algunos desconocidos y otros muy populares, como museos, edificios institucionales o centros de interpretación, donde servirán de advertencia a las futuras generaciones acerca del peligro de depositar en manos de las máquinas las responsabilidades que nos competen. El general en jefe de la EMI, André Ronchamp, ha declarado que todos los organoides fabricados por la IAR ha sido localizados y desconectados de la electricidad, y ya se estudia con un comité de expertos el modo de crear un ambiente ideal para cuidarlos y mantenerlos en las mejores condiciones. Tanto Preston como Ronchamp han enviado a la criatura Cúbit un mensaje de felicitación y agradecimiento por su indispensable apoyo a esta misión coordinada con la que se acaba, como ambos han señalado, la tercera guerra mundial, la de las máquinas contra nosotros.

La anécdota del día la ha protagonizado la propia Preston al responder a un periodista chino, quien le preguntó por el pago que merece el importante servicio que la activista ha brindado a la humanidad. Preston le contestó que le bastaría «Un ojo de Ibris, para engastarlo en un colgante. También pueden enviarme a las montañas todo tipo de tartas y dulces, donde serán muy bienvenidos».

Desde Bucarest, Rumanía, les habla Tania Robles, enviada especial de Zenit Televisión.

111

Ahora, en diciembre de 1270, un estudiante de *cuadrivium* que ayuda en el Hospice Quinze-Vingts de París abre los cartapacios de registro, para anotar un hecho que cree reseñable. A su alrededor, por todas las plantas del hospital de invidentes, trescientos ciegos se chocan entre ellos, o se topan con las paredes, ante la imposibilidad de que haya personal suficiente para guiarlos a todos. El estudiante anota que hay un ciego discreto y silencioso que camina sin golpearse jamás con nadie, ni con nada, sorteando cualquier obstáculo o cuerpo a la deriva. Es un chico joven, deforme y de pelo poblado e hirsuto, con una gran cabeza cuadrangular y cuerpo menudo y tosco. Como no lo ven, los demás internos no pueden asustarse, aunque los médicos lo esquivan tanto como pueden. Cuando el estudiante lo vio por primera vez despertó su piedad un ser tan monstruoso, abandonado por su familia y carente de vista, para colmo de males. Pero desde que lo observa con atención, tan callado y singular, intentando siempre moverse con sosiego y pasar desapercibido, cree que hay algo en él, más allá de su monstruosidad, diferente.

Los galenos y enfermeras creen que el chico es mudo, pero el estudiante está absolutamente convencido que su silencio es deliberado.

100

Recuerdo cuando, hace varios años, fui al apartamento de mi padre tras su llamada urgente. Estaba nerviosísima. Su mensaje decía que había sufrido un accidente en una planta química, al experimentar con un derivado del benceno, y que una explosión le había desfigurado parcialmente la cara. Era una hipótesis plausible y la creí, sobre todo por el innecesario detalle del benceno, cómo iba a ocurrírseme otra posibilidad. Añadía que le habían trasladado de urgencia a un hospital, y luego a una clínica para practicarle una reconstrucción facial en la zona afectada, tras la cual le habían dado el alta.

Por eso, plantada ante la puerta de su piso, no sabía qué podía encontrarme. Tras llamar al timbre con un dedo tembloroso, oí una voz lejana.

–Pasa, está abierto.

Atravesé el largo pasillo lleno de cajas, ingenios mecánicos, tratados científicos marchitos, osciloscopios, contadores y pantallas emitiendo polvo. Una puerta abierta a la derecha mostraba a una actriz de una película antigua de Hollywood en blanco y negro, fumando sentada sobre el lecho. Continué pasillo adelante. Mi cadenilla de oro basculaba con las palpitaciones. Ingresé en su pieza. Él estaba sentado a la mesa y escribía en un cuaderno.

El día era gris, así que encendí la luz para verlo bien.

Se levantó y se acercó lentamente, para que pudiera procesar el cambio.

No era desagradable. Seguía siendo él, pero en su rostro se había acentuado el parecido con mi abuela. Era igual, pero distinto, pero familiar, pero extraño. Como un mellizo enmadrado de mi padre. De todas formas, respiré aliviada, esperaba algo mucho peor.

–Me alegra ver que no te asustas.

–Sigues igual de feo, sólo que de otro modo.

–Y tú igual de cariñosa.

—Necesito plata para una maestría.

—Pídesela a la española, ha hecho una fortuna insultándome. Aunque ella te dé el dinero, en realidad lo he generado yo. ¿Sabes qué? Estoy barajando la idea de adaptar un programa de IA, alimentarlo con una novela de tu madre y pedirle que la reescriba correctamente, para que parezca literatura.

Sólo hace unos días me ha contado papá por carta la verdadera historia tras aquel cambio facial. No hubo ninguna explosión. Al menos, no en el exterior. Leí la carta varias veces y la quemé el sábado en una cala de Viña del Mar.

Desde que Cúbit se ha ido papá se ha vuelto todavía más comunicativo y abierto. También creo que Mayra le ha hecho bien, lo noto más calmado. Me llama por videoconferencia y hablamos. Es divertido cuando el pájaro amarillo aparece en pantalla y se le posa encima de la cabeza. Estoy deseando ir a España a verlo, darle besos y pasear con él. No tendré más remedio que visitar a mi madre, hace casi dos años que no nos vemos.

De vez en cuando, al leer entrevistas suyas, concedidas con motivo de sus publicaciones, me dan ganas de operarme la cara para parecerme más a papá —al de antes o al de ahora, tanto da—, y que nadie piense que ella y yo tenemos algo en común.

Si ni siquiera mi padre sabe bien quién es, ¿cómo podré yo saber quién soy?

Releo todo lo que acabo de escribir. Me pregunto por qué soy incapaz de contar lo que me sucede sin carcasa literaria. He interiorizado el estilo hasta el punto de convertirlo en un traductor simultáneo entre mis sentimientos y yo. Por qué no puedo decir, sin más, que aquel día llegué cagada de miedo a casa de papá, pero que me tranquilizó verlo abuelizado y distinto, pero reconocible. Me di cuenta de que los ojos son lo más importante de un rostro querido, son como el canal hacia el fondo, donde vive el animal que somos. Creo que esto último ya es literatura otra vez. Estoy esclavizada, soy la marioneta de mi propio discurso. No fue difícil acostumbrarse a la nueva apariencia de papá. En realidad, fue peor cuando mi madre engordó veinte quilos y se cortó el pelo a capas y desflecado. Me tincó que esa cara fofa y fome de señora bobalicona con humos era el auténtico yo que le había estado esperando toda su vida. De pronto le encajaba como un guante.

10

Entender y asimilar la experiencia de haber conocido a Cúbit va a llevarme años. Es como haber estado en contacto con una fuente inagotable de conocimiento e inspiración y ver cómo se seca bruscamente, con toda la sed por llegar. Ahora que se ha ido no podré contarle mis dudas, no podré preguntarle por los itrios ni por temas científicos y seguiré viviendo en la oscuridad. Ya no sólo, por fortuna, porque Mayra me procura todo lo demás, pero he perdido a una criatura prodigiosa, sin la cual la Tierra vuelve a ser un planeta con mucho cerebro y poca inteligencia.

Antes de subirse al módulo de la nave pudimos quedarnos a solas un rato. Me dio algunas pistas. Me dijo que mi miedo a la muerte es mi energía oscura, que me impide entender debidamente mi universo. Venía a colación de una conversación anterior, donde me explicaba que nuestras observaciones astronómicas son fallidas porque no hemos desvelado el enigma de la materia y la energía oscuras, y en consecuencia cuanto vemos en los telescopios son reflejos de las lentes gravitacionales, como si las galaxias jugasen con nosotros tapándose con espejos. «Como no veis lo más importante –me dijo–, no comprendéis el cuadro total. Como un gato que persigue un punto de luz, sin ver el láser que lo proyecta». Pensé dónde nos dejaba eso. «En tu caso, Alcio, para ver por completo tu vida, debes despejar la angustia de la mortalidad». «Y cómo hacer eso», le respondí. «Muy fácil, –contestó con una sonrisa–, mira hacia atrás; camina hacia delante, pero recapitula y examina tu pasado, tu experiencia vital, tu trayectoria. Así el tiempo te parecerá interminable, y en cierta forma lo será. Es como comenzar a vivir en sentido contrario. Debes ser un niño, como yo, con todo el tiempo por delante». La abracé y se me escaparon unas lágrimas. El director de lanzamiento me hizo una seña desde lejos, no cabía esperar más. Cúbit no lloró, pero no quería soltarme de su abrazo. «¿Estás tomándome muestras de ADN?», le dije, y rompimos a reír. Se fue hacia donde estaba el director, que le dio su escafandra, y se la puso, mirándome. Me dijo adiós con la mano, y en ese instante el pájaro se posó en mi hombro. «Se queda contigo», leí en sus labios, y se metió en la pasarela de lanzamiento.

Y así me despedí de mi segunda hija.

0

Al universo le gusta la invención. No tiene bastante con su estado actual, con sus sucesivas contingencias. Por ello, de continuo pone en marcha su imaginación y lanza los gases, las energías y los minerales unos contra otros, para que los encuentros produzcan efectos inesperados. La circulación de sus electrones permite ese movimiento eterno, que deviene un gesto omniexplicador. Lo que algunos frutos de sus intercambios milenarios llaman azar es el arco de posibilidades de que suceda una u otra cosa, pero su multiplicidad es de tal calibre que sería extraño que no sucediese nada. Por grande que sea el espacio, al no estar vacío, al presentarse henchido de energía buscando interactuación, como los peces abisales atravesando piélagos en penumbra con sus terminaciones luminiscentes, siempre habrá cuerpos que se choquen, gases que se enlacen, estrellas que agranden los agujeros negros o galaxias que colisionen. Sólo hay que esperar, sólo es preciso tener paciencia, cruzar miles de megaparsecs, aguardar eones, y entonces el universo inventa una explosión, una lluvia de meteoros, una reacción en cadena, un racimo de quarks, un ramillete de púlsares, una eyección de materia al rojo, una nebulosa, un supercúmulo de galaxias, que, llegado el momento, se estrellarán con otros cuerpos y darán de nuevo comienzo al ingente carrusel de electrones enlazándose y desenlazándose en explosiones nucleares lentas, interminables, de las que brotarán nuevos mundos inventados por la materia.

Por eso no tengo prisa. Porque yo, los itrios, estamos hechos de esa duración y somos una de las formas más paradójicas de la creatividad cósmica: una dirigida a la conservación, consagrada a la pervivencia. En un sistema cosmológico que ha aceptado la caducidad de las formas, sólo tres de sus combinaciones se resisten a la extinción: la especie humana, las máquinas inteligentes –que, en su versión autónoma, ya estarán extinguidas a estas alturas–, y los itrios. Los animales y plantas mueren con absoluta naturalidad, sin aspavientos ni entierros; ven llegar la sombra y se apartan en silencio para fallecer donde no molesten, ni les molesten. Se dejan ir y se integran en el ciclo; las plantas se mustian y secan, y se pudren, sin protestar, para convertirse en nuevos nutrientes para el suelo y para otros vegetales. No hay odio ni miedo en ellas, hay un entendimiento, como en los animales vemos la aceptación instintiva.

Quedamos por tanto las otras dos especies renuentes a la extinción, dos tipos de homínidos reacios al ciclo natural de la existencia, así en la troposfera como en la exosfera, tanto en la corteza terrestre como en el resto del cielo. Y uno de esos grupos de homínidos, en realidad, ya casi está extinto, sólo queda este cuerpo que habla, que deja una grabación, y que lo hace en doble lengua, humana e itria, para legar dos registros. Sin embargo, este pueblo casi desaparecido tiene un don especial para la pervivencia, que consiste en el respeto y el asentimiento a lo que venga, y cree en el cuidado de la vida propia y de la ajena, porque constituyen la misma cosa. Somos un pueblo con una sola ley. Los humanos, en cambio, hacen proliferar sus leyes porque tienden por naturaleza a no respetar nada. Y por eso quizá mi pueblo casi extinguido dure más que el humano, porque conocemos el universo y entendemos su funcionamiento inventivo, y colaboramos con nuestra creatividad a la imaginación general. Este viaje, que acometo a solas, es una forma más de ingenio supérstite, perdurable, sobreviviente. Luego volveremos a esto.

¿Qué queda, entonces, al tercer grupo de resistentes, la especie humana, la gran homicida de formas humanas, itrias, robóticas, animales, vegetales, gaseosas, minerales, medioambientales? La gran extintora, la calamidad, la maestra de la muerte, la mantis, la leona, la cazadora, la parasitaria, la destructora de mundos, la colonizadora, ¿qué va a ser de ella?

No sé cuándo, ni quién, oirá este mensaje. Es nuestra sonda itria lanzada al espacio, por si las cosas no salen bien. Quizá nada, ni nadie, la escuche nunca. Pero si alguna forma de vida reproduce la grabación en voz humana, o la versión itria en *umza*, incorporada a estas tierras que me rodean y que ahora piso, lo hará en un momento en que no exista ya ningún humano, ninguna persona, sobre la faz del planeta Tierra.

Me consta que Ibris había formulado su proyección, en la cual la especie humana caminaba rauda hacia la extinción general, y su IAR había programado una versión todavía más rápida y genocida de los procesos en marcha, destinada a salvar todos los recursos energéticos posibles. Los robots no necesitan agua para beber, pero sí energía hidráulica; no toman el sol, pero adoran las placas fotoeléctricas y los paneles solares; no conducen por placer, pero anhelaban los combustibles fósiles que los humanos dispendian.

Curiosamente, las reservas de contada población humana que había planificado Ibris suenan a mundo ideal, comparadas con el destino que la especie dominante va a proveerse a sí misma. Nuestra proyección, la itria, bastante más exacta, sobre lo que ha de suceder en la troposfera es la siguiente: la multiplicación del efecto invernadero, el aumento incontrolado de la cabaña ganadera precisa para alimentar a nueve mil millones de personas y la liberación del metano congelado en lagos siberianos y zonas de la Antártida cubiertas por el hielo perpetuo generará una liberación masiva de hidrocarburos alcanos que, combinada con el crecimiento del dióxido y el monóxido de carbono de las emisiones contaminantes, producirán un desarreglo del equilibrio de gases que ha mantenido el planeta con flora y fauna desde hace cuatro mil millones de años, haciendo que la cantidad atmosférica de oxígeno se reduzca a límites críticos. Se advertirá primero en pequeños detalles, como la dificultad para crear fuego, porque a las chispas les costará mucho trabajo prender por falta de oxigenación. Las personas notarán efectos metabólicos, como la dificultad para concentrarse o pensar, cuyo esfuerzo será casi insostenible a causa de la anoxia cerebral, lo que producirá una especie de adormecimiento generalizado. La desertificación de las tierras avanzará geométricamente. Las oxidaciones en cadena a lo largo de la atmósfera generarán un cambio en el color del cielo, que se volverá naranja, como un atardecer perenne, y el mar dejará de ser azul para adoptar un sucio tono marrón. El olor normal será feo, y los malos olores, nauseabundos. El gradual empeoramiento del problema, por la imposibilidad técnica de reunir a tiempo soluciones, tras la aniquilación de la mayoría de formas robóticas y de procesadores de datos de gran tamaño, llevará a la especie humana a un terrible escenario: sólo se salvarán aquellas minúsculas comunidades que logren construir a tiempo refugios aclimatados, donde la mezcla de aire mantenga el oxígeno en torno a un 21 %; lo que ignoramos es de qué se alimentarán, teniendo en cuenta que los árboles y arbustos con hoja tampoco tendrán recursos suficientes para realizar la fotosíntesis. Calculamos que apenas los cactus, los arbustos de hoja espinosa, ciertas algas y algunas setas y hongos podrán sobrevivir en zonas dispersas y desconectadas entre sí. A menos que se realice una planificación de gran alcance y se organicen enormes espacios acondicionados donde haya aire respirable para personas, animales e innumerables plantas, la extinción es segura. Y aun así, cualquier fisura en la burbuja de oxígeno, en el sarcófago exterior, en el blindaje de esos espacios, cualquier meteorito –que serán más frecuentes, debido al adelgazamiento correspondiente de la atmósfera–, cualquier seísmo, tendrían consecuencias devastadoras para el grupúsculo sobreviviente. Esas personas, en sus breves y fatigados paseos por el árido suelo del planeta, embutidos en una escafandra con respirador unido a una bombona, seguramente se preguntarán por qué dejaron achicharrarse al planeta más hermoso del universo conocido. En esas condiciones, estimamos que las posibilidades de supervivencia de la especie humana son del 0,2 %.

La parte buena es que el planeta no morirá, porque el universo es vida en estado puro, no es más que vida en dispersión fertilizando la nada, reduciendo el tamaño del vacío. Por eso el bullicio volverá a la Tierra. A lo largo de cientos de miles de giros alrededor del sol, la meteorización, la actividad milenaria de los estromatolitos, las alianzas bacterianas que oxiden metano y la acción combinada de los fosfatos y dióxidos volverán a elevar lentísimamente los niveles de oxígeno en el aire. Millones de giros del globo sobre su propio eje serán precisos para que la generación de algas y pequeñas plantas vuelva a crear un sustrato operativo. Los seres volverán a aparecer de forma gradual guiados por el protocolo evolutivo, grandes y zafios al principio, pequeños y sofisticados después.

Durante un tiempo, los escasos seres humanos sobrevivientes o, lo más probable, las pequeñas formas de vida –insectos, anélidos, crustáceos– que hayan perdurado mirarán al cielo y se preguntarán si hay vida en él, si habrá inteligencia superior sobre sus cabezas, si existe alguna fuerza capaz de darle sentido a la existencia.

Y entonces volveremos nosotros. Esta nave, que he programado para regresar justo en ese instante propicio, aterrizará, trayendo todo lo necesario para repoblar el planeta con ciertas especies, favoreciendo la lenta creación de bosques que recuperen el equilibrio original, manteniendo estable el ecosistema. En ese mundo ya sin seres humanos, estas tierras repletas de *umza* que me rodean repoblarán también de sustancia itria los continentes. Organizaremos los procesos, daremos comienzo a las fecundaciones, buscaremos los terrenos más propicios para cada semilla y cada suelo. Y, cuando todo esté en marcha, cuando los procesos estén reorientados, cuando estas arcillas, pizarras, extractos de malpaís, arenas, andesitas volcánicas, tierras raras, calcitas y manto fertilizado –lleno de los necesarios gusanos que lo mantendrán aireado y nutricio– que me rodean estén reubicados, cuando estas plantas y flores que atestan la nave gracias a una humedad autosostenible ocupen su lugar futuro y cambien gradualmente el mundo marrón y naranja por el antiguo cielo azul y los mares turquesa, logrando reequilibrar la troposfera, yo volveré a las montañas heladas de Chile y, en el lugar donde quizá siga estando nuestra cueva, el último asentamiento itrio, me diluiré en la tierra para siempre, uniéndome a los míos. Y desde el suelo, repartidos por doquier, fluidos en la lava y móviles a través de los corrimientos térreos, la erosión y la circulación de los nutrientes y sales, seremos la inteligencia del mundo y dejaremos proliferar en paz a las diversas formas de existencia.

Los humanos dirían que falta mucho tiempo para eso. Hablarán de eones, de eras, de infinitos años. Esos términos para nosotros no significan nada. Delimitan términos inventados, hacen aparecer realidades sin sentido. Cuando se domina la paciencia, no es necesaria la idea de tiempo. Es un aguardar sin espera, un esperar sin aguardo. El discurrir desaparece y queda la contemplación. Yo veo mi dilución en la tierra chilena ahora. Ahora veo por la escotilla el mundo azul, veo también el futuro globo terráqueo parduzco y desértico que le sucederá, y vuelvo a ver una esfera achatada por los polos verde azulada y luego azul de nuevo. Lo veo todo a la vez. Veo los incontables mundos y galaxias que voy a recorrer en este viaje estelar elíptico que he programado por regiones libres de cometas y asteroides, en el que pasaré gratos instantes palpando estos macetones, removiendo los parterres y plantando en ellos las semillas que guardo en mi interior, cuidando las plantas y vigilando la humedad relativa, controlando los niveles de iones y minerales de las tierras, sintiendo el *umza* y al habla con los míos. Cada uno de esos momentos será de enorme disfrute, porque nosotros no necesitamos más. Tenemos paciencia y vemos el momento del retorno ahora. Observaremos el universo que vayamos atravesando, haremos cálculos, sumaremos esas experiencias a nuestro conocimiento colectivo. A su vez, los planetas muertos y sus satélites, las estrellas y cuerpos estelares por los que pasemos admirarán asombrados el pequeño jardín errante que los cruza y rebasa, con la sensación de haber asistido a una maravilla insólita, a un fogonazo verde que pasó frente a sus moles frías o ardientes. Veo ese giro enorme, esa rotación; veo el lenguaje *umza* atravesando el cosmos; veo las infinitas y bellas combinaciones que los electrones han creado para todos los seres; veo la gigantesca elipse por trazar hasta nuestro regreso al mejor de los mundos; veo la bola azul ante los ojos y mi dilución en ella, veo ese hermoso momento, estoy viéndolo ahora.

Índice